DEAR DUMB DIARY

PANINI BOOKS

Willst du noch mehr von Jamie Kelly?

Band 1: Tun wir mal so, als wäre das alles nie passiert

Band 2: Meine Hose ist verhext

Band 3: Die Frage ist: Prinzessin oder Frosch?

Jim Bentons Geschichten
von der Mackerel Middle School

DEAR DUMB DIARY

Die Frage ist:
Prinzessin oder Frosch?

VON JAMIE KELLY

PANINI BOOKS

Die Deutsche Nationalbibliothek verzeichnet diese Publikation in der Deutschen Nationalbibliografie; detaillierte bibliografische Daten sind im Internet über http://dnb.d-nb.de abrufbar.

Dieses Buch wurde auf chlorfreiem, umweltfreundlich hergestelltem Papier gedruckt.

MIX
Papier aus verantwortungsvollen Quellen
FSC® C006701

Dieses Werk wurde vermittelt durch die Literarische Agentur Thomas Schlück GmbH, 30827 Garbsen.

Dear Dumb Diary – Die Frage ist: Prinzessin oder Frosch?

Verlagsleitung (Books/Kids): Gabriele El Hag
Redaktion: Nicole Hoffart (verantw.)
Übersetzung: Ray Bookmiller
Lektorat: Claudia Weber
Umschlag: tab indivisuell, Stuttgart
Satz: TEBITRON GmbH, Gerlingen
Druck: CPI books GmbH, Ulm, Deutschland
ISBN 978-3-8332-2787-5

www.panini.de

Für alle guten Hunde, insbesondere diejenigen,
die auf dem Pfad vor uns hergetrottet sind:
Max, Truffles, Josette, Max, Mimi, Billy, Sadie
und Henry

Mit besonderem Dank an: Maria Barbo,
Steve Scott, Susan Jeffers Casel und
Shannon Penney

Dieses Tagebuch gehört

Jamie Kelly

SCHULE: Mackerel Middle School

SPINDNUMMER: 101

BESTE FREUNDIN: Isabella

BERUFUNG: Prinzessin oder Spionin/Ballerina

HAUSTIER: Das Ding, das aussieht wie ein Beagle

WARNUNG

WER WEITERLIEST,
RISKIERT SEINEN KOPF.

Im Ernst.
Du spielst gerade
mit deinem Leben.
Ich werd dich **VERFLUCHEN**
und sonst was. Wenn
du mir nicht glaubst,
frag den da.

Wer auch immer bis hierher vorgedrungen ist,

ist dir eigentlich klar, dass du in einem fremden Tagebuch spionierst? Das geht ja wohl gar nicht.

Es sei denn, du hast eine SPEZIELLE Erlaubnis von mir. Ansonsten: Verpiss dich, aber schnell.

Und falls ihr meine Eltern seid: JA, ich weiß, dass ich Wörter wie Idiot, Vollpfosten, Trottel, penner und Holzkopf nicht sagen darf. Aber das hier ist ein Tagebuch, ich hab's also nicht gesagt.

Nur geschrieben.

Wenn ihr mich dafür bestraft, weiß ich genau, dass ihr in meinem Tagebuch rumgeschnüffelt habt – und, hey, das hab ich euch NIE (!) erlaubt.

Okay, und nun schwöre ich, so wahr ich Jamie heiße, dass jedes Wort in diesem Tagebuch wahr ist – zumindest für mich.

Gezeichnet

Jamie Kelly

PS: Noch was: Wenn du Du-weißt-schon-wer bist, geht das mit dem Weiterlesen natürlich klar. Wenn du aber Du-weißt-schon-wer bist, dann verzieh dich jetzt – sonst wird dir Du-weißt-schon-wer einen Du-weißt-schon-was in deinen Du-weißt-schon-wohin verpassen. Kapiert?

PPS: Ich weiß, dass du nicht an Märchen glaubst. Und auch nicht, dass es eine Fee gibt, die dich in einen Frosch verwandelt, wenn du weiterliest.

Aber du zweifelst wohl kaum daran, dass es so was wie einen Hammer gibt, und dir ist verdammt klar, dass ich einen habe und dass ich genau weiß, wo dein Kopf ist.

Sagen wir mal so: Die Sache mit der Fee wäre das kleinere Problem für dich.

Samstag, der 31.

Isabella war heute fast den ganzen Tag bei mir. Wir hatten viel zu bequatschen, über unsere Zukunft und so.

Also, wir werden definitiv eineiige Zwillinge heiraten, nebeneinander wohnen, gleich viele Kinder haben (neun Mädchen, acht Jungen) und sie auch immer zur gleichen Zeit zur Welt bringen.

Wir werden einen Klamottenladen aufmachen und nichts an Leute verkaufen, die wir nicht abkönnen.

Unsere Ehemänner werden denselben Beruf haben – Feuerwehrmann oder Arzt oder so –, damit wir immer gleich viel Geld haben. Und wenn einer unserer Männer bei einem Unfall einen Fuß verliert, muss der andere seinen Fuß fairerweise auch abhacken.

Irgendwie fand ich das dann doch etwas heftig. „Stell dir vor", hab ich gesagt, „einer unserer Männer verliert nicht seinen Fuß, sondern fällt aus dem Flugzeug. Was dann?"

Isabella meinte, dass sie sich mit Jungs viel besser auskennt als ich und dass unsere zukünftigen Ehemänner total auf uns abfahren werden und von ganz alleine auf diese Idee kommen.

Sonntag, der 1.

Mom hat heute Abend mal wieder eins ihrer KOCH-VERBRECHEN begangen. Und ich sitze jetzt mit tierischen Bauchschmerzen in meinem Zimmer und überlege mir, wie die Kriminalpolizei wohl solche Essensdelikte nennt. Bewaffelter Überfall? Schwere Körnerverletzung? Oder vorsätzlicher Brotschlag?

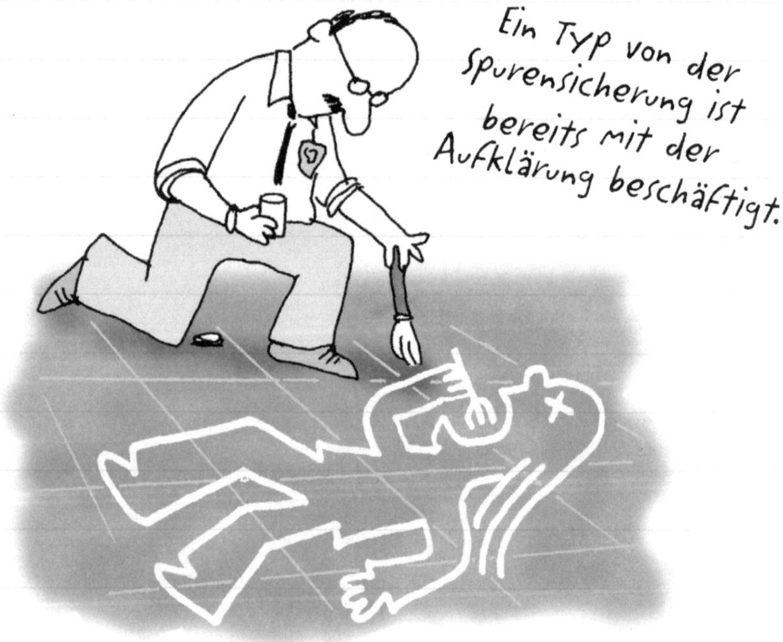

Keine Ahnung, was in dem Fleischding alles drin war. Ich weiß nur: Mom hält mit Sicherheit irgendwo ein geheimes Kochbuch versteckt. 101 HÖLLISCHE REZEPTE oder so.

Dad und ich wollten uns auf keinen Fall was anmerken lassen, weil Mom erst neulich einen ihrer Ihr-habt-keine-Ahnung-wie-anstrengend-Kochen-sein-kann-aber-ihr-werdet-meine-Kochkunst-eines-Tages-zu-schätzen-wissen-Anfälle hatte und wir uns damals während des ganzen Essens die Nasen zuhielten, was im Nachhinein betrachtet keine wirklich gute Idee war.

Zum Glück hatte ich mir heute schon mal vorsichtshalber eine Halskette aus Magentabletten gebastelt, mein persönlicher Notarzt sozusagen. Dad hatte natürlich keine. Der Arme.

Dad und eine Halskette beim Essen?
Das wäre Mom sofort aufgefallen.

WARNUNG AN MEINE KINDER (Falls ich irgendwann mal welche haben sollte und sie dieses Tagebuch lesen): Finger weg von Omas Essen! Und von meinem Tagebuch! Tja, meine Süßen, ihr werdet jetzt sofort zu eurer Mom gehen und beichten, was ihr gerade angestellt habt. Und stellt euch schon mal drauf ein: Es wird eine SAFTIGE Strafe geben.

Und ich werd's natürlich dem Weihnachtsmann erzählen.

Finger weg von Omas Teufelsbraten!

Wie du weißt, Tagebuch, ist heute Sonntag, mein Hausaufgabentag. Und ich hab noch jede Menge zu tun. Dabei würde ich viel lieber vor dem Fernseher abhängen und mir Wiederholungen von Realityshows angucken. Aber Dad hat mich ja gewarnt: „Hättest du deine Schularbeiten am Freitag erledigt, wäre jetzt alles viel entspannter." Ja, Väter kennen sich echt gut aus mit so was – und vor allem mit Dingen, die jeder sowieso schon weiß.

Jedenfalls muss ich bis morgen ein Gedicht über GEFÜHLE schreiben. Den Anfang hab ich schon mal:

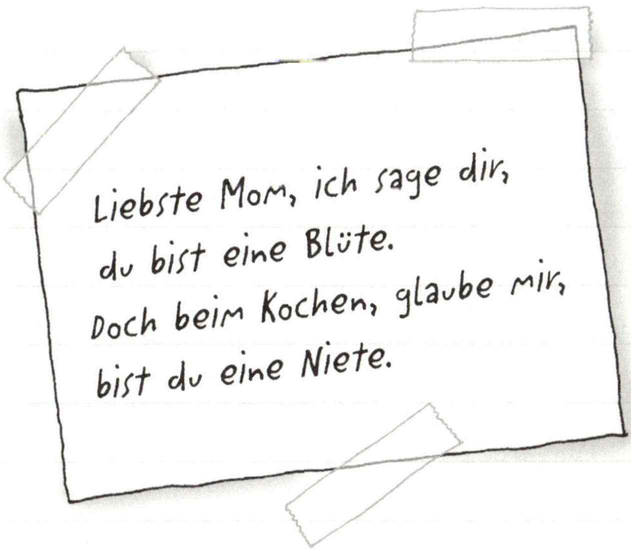

Montag, der 2.

Angeline pimpt ihren hässlichen Kopf!
Der in Wirklichkeit natürlich
überhaupt nicht hässlich ist.
Du weißt, was ich meine.

Okay, ich hab dir doch letzte Woche erzählt, dass Isabella *mir* erzählt hat, dass Anika Martin, eine Freundin von Amy Feinstein (mit der wir ab und zu reden, obwohl sie ein Jahr jünger ist als wir), die eine Freundin von Vanessa Was-weiß-ich ist, die wiederum eine Bekannte von Angelines Cousin ist, ihr erzählt hat, sie hätte gehört, Angeline hätte eine streng geheime Haarwaschtechnik erfunden.
Du erinnerst dich, oder?

ZONENSCHAMPONIEREN nennt sich das. Angeline wäscht praktisch jede Kopfzone mit einem anderen Duftshampoo, und bei Bedarf schüttelt sie dann ihr Haar in die eine oder andere Richtung und wedelt dir diesen oder jenen Duft vor die Nase. Schräg, oder?

Aber es kommt noch abgefahrener: Sie kann die Richtung, in die sie ihr Haar wirft, so gezielt ändern, dass sich die Düfte vermischen und du denkst, du hättest gerade Apfelstrudel mit Vanille-Zimt-Eis gerochen oder einen Kiwi-Erdbeer-Smoothie mit einem Hauch Limette.

Keine Ahnung, wie jemand auf so eine teuflische Idee kommt.

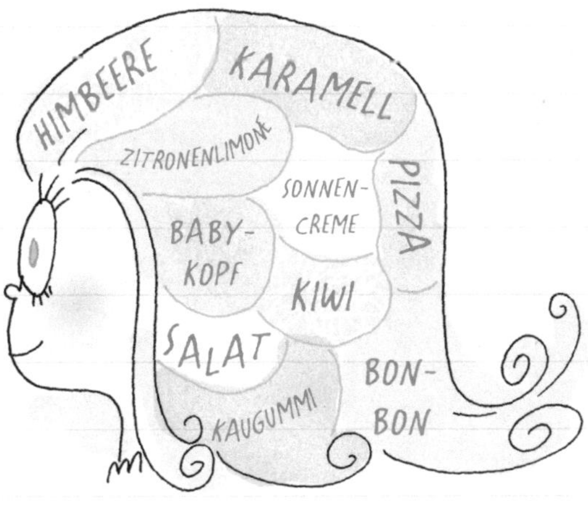

Tja, Tagebuch, ich weiß nur, warum man sich so was besser NICHT ausdenkt. Ich hab das Zonenschamponieren nämlich heute ausprobiert. Bei Hudson Rivers (dem achtniedlichsten Typen in meiner Klasse). Ich wollte ihm gerade eine Mischung aus Lucky Himbeer (rechte Kopfseite) und Crazy Kokosnuss (linke Kopfseite, unteres Viertel) vor die Nase wedeln, als zufällig mein Englischlehrer, Mister Evans, vorbeilief, und weil er glaubte, ich hätte einen Anfall, hat er mich umgehend zur Schulkrankenschwester geschickt, und die hat mich zum Ausruhen sofort auf ihre Pritsche verfrachtet.

Beim Mittagessen hat mir Isabella dann gestanden, dass die Sache mit dem Zonenschamponieren irgendwie doch anders war und dass sie ein paar Dinge dazuerfunden hat. Ich mach ihr da keine Vorwürfe, das klingt nämlich so verdammt nach Angeline, dass ich die Story auch glauben würde, wenn ich sie selbst erfunden hätte.

Dienstag, der 3.

Beim Gedichtevorlesen war ich heute als Erste dran. Ich glaube, Mister Evans hat mein Gedicht gefallen. Er hat etwas über etwas erzählt und dann etwas anderes über etwas anderes, und wenn ich mich recht erinnere, hat er danach noch eine Weile von etwas anderem gequatscht und schließlich mit etwas ganz anderem über etwas ganz anderes aufgehört. Ich weiß, ich sollte Mister Evans öfter zuhören, aber ich musste in diesem Moment einfach immer wieder zu Angeline hinüberschielen.

Natürlich wollte ich auch Hudson nicht aus den Augen lassen und hab ständig zwischen ihm und Angeline hin- und hergeschielt. Klar, dass Mister Evans dachte, ich hätte nervöse Zuckungen – nach meinem gestrigen Anfall, der keiner war –, also hat er mich UMGEHEND wieder zur Schulkrankenschwester geschickt.

Obwohl für Mister Evans eindeutig feststand, dass ich total übergeschnappt bin, konnte er sich nicht verkneifen, mir auf dem Weg nach draußen noch die Ankündigung für unser nächstes Klassenprojekt mitzugeben: „Ihr werdet euch ein berühmtes Märchen aussuchen und einen Aufsatz darüber schreiben."

Manchen Lehrern ist es anscheinend völlig egal, wenn du krank bist. Wie in der Geschichte mit dem Jungen, der auf dem Weg zur Schule bei einem Zusammenstoß mit einer Schneefräse ein Bein verloren hat. Weil Mister Evans sein Klassenlehrer war, hat der Arme sich trotzdem zur Schule geschleppt, und jetzt kommt's: Mister Evans hat ihn auch noch ins Klassenbuch eingetragen. Als TEILWEISE ABWESEND. Hallo?

Mittwoch, der 4.

Wie du weißt, Tagebuch (weil ich jeden Tag in dir rumkritzle), ist Kunst eines meiner Lieblingsfächer. Aber heute hat Miss Anderson (das ist die Lehrerin, die so hübsch ist, dass sie auch eine Kellnerin sein könnte) unser neuestes Projekt angekündigt: Fotografie. Sie meint tatsächlich, dass das Kunst ist. Das ist doch, als ob man behauptet, einen Song downzuloaden wäre dasselbe wie einen zu komponieren.

Klar hab ich ihr einen bösen Blick zugeworfen. Okay ich geb's zu: keinen wirklich bösen Blick. Aber nur, weil ich Miss Anderson irgendwie mag.

Hätte ich geahnt, dass sie mir Angeline als Projektpartner zuteilt, wäre mein Blick natürlich um einiges heftiger ausgefallen. Vielleicht sogar wie BÖSER BLICK NUMMER 11 (siehe unten).

(Wichtig: Du musst deine bösen Blicke trainieren und sie durchnummerieren. Du darfst sie auf keinen Fall vermischen. Ich hab mal Nummer 8 und Nummer 4 durcheinandergewürfelt. Katastrophe. Das sah aus, als würde ich mich freuen. Ich will jetzt nicht die ganze Story erzählen, jedenfalls bin ich deswegen mit meiner Tante im Einkaufszentrum gelandet, um für sie ein paar schrecklich riesige BHs zu kaufen …)

Okay, zurück zum Fotoprojekt: Damit die ganze Schule was von unseren Fotoarbeiten hat, sollen sie am Monatsende in der Mensa ausgestellt werden.

Angeline hatte natürlich gleich eine Idee, aber anstatt erst mal mit mir darüber zu reden, hat sie es vor der ganzen Klasse ausposaunt.

Du hast richtig gehört, Tagebuch. Sie lässt die Dinge einfach aus sich raus wie andere Leute einen Pups.

Wie auch immer. Angeline hat die Idee, dass wir Fotos von allen Lehrern sammeln. Und zwar, als sie noch klein waren.

Daraus sollen wir dann eine Collage machen, damit man sehen kann, wie sie sich im Laufe des Lebens so verändert haben.

Miss Anderson fand die Idee natürlich großartig. Sie sieht ja auch super aus. Und früher, bevor sie Lehrerin wurde, war sie bestimmt NOCH hübscher. (Klar, wer wird schon attraktiver, wenn er es den ganzen Tag mit Kids zu tun hat.)

Miss Anderson meinte dann, wir sollten am besten sofort loslegen.

Die Frau, die den ganzen Tag mit Kids zu tun hat

Tag 1 Tag 2

Ja, Tagebuch, ich weiß, was du jetzt denkst: WOW, JAMIE, DU SIEHST ECHT FANTASTISCH AUS, UND DU KANNST SUPER TANZEN. Okay, da magst du recht haben, aber wir schweifen vom Thema ab. Ich muss dir nämlich noch was anderes erzählen.

Isabella, meine sogenannte beste Freundin – der, glaube ich, ein wesentliches Körperteil fehlt, das man Seele nennt (keine Ahnung, ob diese Krankheit dann „Seelenloch" heißt, ich bin schließlich kein Arzt) –, hat IHRE Projektidee verkündet. Pass auf: Sie will von jedem in der Klasse ein Foto machen, und dann noch eins von seinem Haustier. Um zu zeigen, wie ähnlich sich die beiden sind.

MENSCHEN SEHEN AUS WIE IHRE HAUSTIERE, behauptet sie.

Also: Erstens ist mein Haustier ein HUND, das fängt mit einem H an wie HÄSSLICH. Und zweitens ist mein Hund ein Hund, den andere Hunde voll uncool finden.

Ich will jetzt nicht sagen, dass Stinker hässlich ist, aber der einzige Grund, warum andere Hunde an ihm rumschnüffeln, ist: Sie wollen herausfinden, welches seiner beiden Enden das Gesicht ist. Danke, Isabella. Super Idee.

PS: Ich hab Angeline heute von rechts und links beschnuppert (natürlich heimlich), um rauszufinden, ob das mit dem Zonenschamponieren vielleicht doch stimmt. Also, ich glaub nicht dran. Jedenfalls hab ich keinen Unterschied bemerkt.

PPS: Woran ich auch nicht glaube: Dass es Menschen gibt, die nicht irritiert sind, wenn man an ihnen rumschnuppert.

Leute irritieren ist total einfach.
Ich hab schon mal ...

von unten in die Nase meines Onkels reingeschielt.

vor einem Mädchen einen Kamm abgeleckt.

vor einem Jungen auf meinem Arm geübt, wie man knutscht.

Donnerstag, der 5.

Was ist heute für ein Tag? Richtig. Donnerstag. Und was gibt es donnerstags in der Mackerel Middle School und anderen Haftanstalten? Richtig. HACK-BRATEN. Und das bedeutet? Richtig. Miss Bruntford, die Mensa-Chefin, regt sich tierisch auf, wenn wir unseren Hackbraten nicht aufessen.

„Das Zeug würden ja nicht mal die Leute bei einer Realitygameshow runterkriegen", hab ich vor mich hingeflüstert.

Anscheinend laut genug für Miss Bruntfords sensible Hundeohren. Jedenfalls kam sie zu mir rüber und meinte: „Wie? Ist mit dem Hackbraten etwas nicht in Ordnung?"

Dann hat sie reingebissen.

Also, ich hab echt nichts gegen Lehrerinnen und andere Aufsichtspersonen. Die eine oder andere mag ich sogar. (Ich hab mal beobachtet, wie eine Lehrerin im Einkaufszentrum Unterwäsche gekauft hat: wie ein ganz normaler Mensch.)

Aber was war das für ein abgefahrener Moment, als Miss Bruntford in den Hackbraten biss und ihr Mund plötzlich voll war mit diesem ekligen Geschmack, einer Mischung aus – wie die meisten Schüler meinen – Streichelzoo im Hochsommer und einem brennenden Haarhaufen.

Wie ICH den Geschmack beschreiben würde? Ich weiß es nicht. Miss Bruntford hat es, glaube ich, selbst am besten erklärt, als sie meinte ...

Freitag, der 6.

Keine Ahnung, wie das mit Miss Bruntford weiterging. Sie war heute jedenfalls nicht in der Schule, und ich war – vielleicht deswegen – so entspannt, dass ich für einen Moment sogar Isabellas bescheuerte Lookalike-Idee vergaß und mit ihr gemeinsam zum Mittagessen ging.

Isabella meinte, sie hätte gehört, Miss Bruntford wäre noch im Krankenhaus, wegen AKUTER DIVERTIKULOSE oder irgendeiner anderen Darmkrankheit, über die ältere Leute gerne miteinander quatschen. Und dass wir nächste Woche einen neuen Mensa-Chef bekommen.

Ich hab Miss B. diese Krankheit nicht gewünscht. Jedenfalls hab ich nicht mehr als drei Dollarmünzen in den Springbrunnen geworfen, während ich daran dachte. Dass sie trotzdem krank wurde, liegt eher am Hackbraten und ist ein AKT DER GERECHTIGKEIT.

Vielleicht hatte aber auch – wie die Zahnfee bei Milchzähnen – eine Fee für Lebensmittelvergiftungen ihre Finger im Spiel. Gut möglich.

Während des Essens tauchte plötzlich Mike Pinsetti an unserem Tisch auf.

Du erinnerst dich an Mike Pinsetti, den offiziellen Spitznamenverteiler an unserer Schule, oder? Er hat ein Talent für Spitznamen, die richtig wehtun und die du nie mehr loswirst. Zum Beispiel diese hier:

Jedenfalls, du wirst es nicht glauben, bin ich tatsächlich so bescheuert und lächle ihn an. Oh Mann, hoffentlich denkt er jetzt nicht, ich halte ihn für …

Pinsetti steht also da, direkt neben Isabella, und ich starre ihn einfach nur an und warte drauf, dass er etwas zu mir sagt. Aber ausgerechnet als ich meinen BÖSEN BLICK NUMMER 4 einsetze, läuft Angeline hinter uns vorbei und – da bin ich mir ganz sicher – wedelt eine Ladung HIMBEERTRAUM aus einer ihrer angeblich unzähligen Kopfzonen zu uns herüber.

Pinsetti und ich sind für einen Moment komplett betäubt – gegen unseren Willen natürlich – und fangen plötzlich beide an zu lachen. Also, jetzt mal im Ernst, wer kann das bei einer derartigen Reizüberflutung mit HIMBEERTRAUM schon verhindern? Kein Mensch, oder?

Dann schauen Pinsetti und ich uns grinsend in die Augen – mir wird bei dem Gedanken jetzt noch speiübel – und genießen den Moment IN VOLLEN ZÜGEN. Und das – jetzt wird mir noch übler – mitten in einer von Angelines Stinkwolken.

Isabella meinte, sie hätte förmlich gesehen, wie aus Pinsettis Ohren WAHRE LIEBE spritzte. „Für Angeline", hab ich ihr geantwortet. Aber sie meinte: „Nein, für dich."

Also wundere dich nicht, Tagebuch, wenn ich heute Nacht ständig aufwache und laut rumbrülle.

Samstag, der 7.

Samstage sind total cool. Keine Ahnung, warum es nur einen davon in der Woche gibt. Also, wenn's nach mir ging, würde die Woche so aussehen:

Ich hab Isabella angerufen, um zu fragen, ob sie Lust hat, was zu machen. Aber ihre Mom meinte, sie wäre mit ihrem Dad shoppen. HALLO?

Ich meine, Isabella hat doch klar definiert, was die fünf peinlichsten Dinge sind, die ein Dad in der Öffentlichkeit tun kann. Und, hey: Ihr Dad macht sage und schreibe vier davon:

Ich war den Rest des Tages völlig durch den Wind. Sobald das Telefon geklingelt hat, bin ich ran, falls Isabella doch noch anrief. Irgendwann am Nachmittag hat sich eine Frau gemeldet und nach Mom gefragt. Ich hatte die Stimme irgendwie schon mal gehört, wusste aber nicht genau, wo. Jedenfalls war Mom danach total aufgekratzt und wollte mir einfach nicht verraten, mit wem sie gesprochen hatte und worüber. Es ging sicher wieder um eine dieser bescheuerten Mom-Ideen. Windglockenspiel kaufen oder so was.

Sonntag, der 8.

Sonntage sind wow. Nicht so wow wie Samstage, aber wow. Ein bisschen wie deine nicht ganz so beliebte und nicht ganz so hübsche kleine Schwester, die immer so lustig sein will wie du, dich aber ständig daran erinnert, dass du noch Hausaufgaben zu erledigen und außerdem nichts Cooles zum Anziehen hast. Und dass Dad den Fernseher wahrscheinlich für den Rest des Tages in Beschlag nimmt.

Wenn Tage Leute wären ...

Wie auch immer, Mom war heute Morgen total aufgekratzt. Als ich nach dem Aufstehen in die Küche kam, meinte sie, ich könne gerne was Süßes frühstücken, aber nur, wenn ich vor dem Fernseher esse.

Ich hab sofort gemerkt, dass da was nicht stimmt. So nachlässig ist sie eigentlich nur, wenn sie mich loshaben will. Einmal bin ich aus Versehen ins Schlafzimmer geplatzt und hab sie dabei erwischt, wie sie versucht hat, ihren Mom-Hintern in einen alten Minirock zu zwängen. Das war ihr natürlich superpeinlich, und sie meinte, ich könne ruhig nach draußen gehen und Äpfel auf vorbeifahrende Autos werfen. Hauptsache: Ich lasse sie in Ruhe.

'ne harte Nummer, oder? Ich meine, dagegen ist das mit dem Frühstück echt Peanuts. Ich hab mich also mit dem süßen Zeug vor den Fernseher gesetzt und Mom mit ihrem geheimen Küchendings alleine gelassen.

Irgendwann fing sie plötzlich wie wild an zu kochen. Oje. Dad und mir war natürlich klar, was für eine Verwüstung Moms Kochattacken nach sich ziehen konnten. Wir hatten schließlich schon einige unvergessliche Katastrophen erlebt. Du erinnerst dich bestimmt ...

Irgendwie kam dann aber doch alles ganz anders. Ich meine, sie hat gekocht, und wir haben auch gehört und gerochen, dass sie es getan hat. Und Stinker hat auch wie immer schon mal vorsichtshalber sein Hundefutter versteckt.

Doch aus irgendeinem Grund hat Mom plötzlich das Zeug in eine Tupperschüssel gepackt, im Kühlschrank verstaut und drei Pizzas geordert.

Dad und ich haben natürlich keine Fragen gestellt. Es erinnert ja auch niemand seinen Henker daran, bei der Hinrichtung am nächsten Tag auf keinen Fall die Axt zu vergessen.

Montag, der 9.

Seit heute läuft unser Märchenprojekt. Wir haben zuerst ein paar Klassiker behandelt, damit wir verstehen, was Mister Evans von uns erwartet. In „Hänsel und Gretel" zum Beispiel geht es um eine Hexe, die unbedingt zwei verdreckte Kids fressen will, obwohl ihr Haus komplett aus leckeren Süßigkeiten besteht. Mein Kommentar: „KINDER HABEN VIEL EIWEISS UND WENIG KOHLENHYDRATE."

Danach waren „Schneewittchen", „Rapunzel" und „Rotkäppchen" dran. Als Mister Evans fragte, was wir von all den Märchen hielten, meinte ich: „Die Leute mit total bescheuerten Namen haben früher wohl förmlich darauf gewartet, dass ihnen etwas Schreckliches passiert." Oder hast du jemals was von „Jennifer und die sieben Zwerge" gehört? Oder von „Steve und die drei Bären"? Ich glaube, Mister Evans hat mir insgeheim zugestimmt, auch wenn die eklige Vene an seinem Kopf plötzlich ziemlich heftig anfing zu pochen.

Jennifer und die sieben Zwerge

Die Mittagspause war heute echt spannend. Noch spannender als die Geschichte mit den zwei Küchenhilfen, die sich darüber stritten, welche von beiden mit Haarnetz besser aussieht, und denen am Ende die Rettungssanitäter Preiselbeermarmelade aus den vollgestopften Küchenhilfenspeiseröhren saugen mussten. (Tipp: In solchen Situationen immer auf die dickere Küchenhilfe wetten!)

Also, wie ich schon sagte: Die Mittagspause war superspannend. Die Vertretung von Miss Bruntford war heute nämlich zum ersten Mal da. Sein Name, Achtung: Mister Prince. PRINZ! Ist das nicht abgefahren?

Er ist Referendar, also jemand, der später einmal Lehrer wird, falls ihm in letzter Sekunde nicht doch noch was Besseres einfällt. Er ist schon etwas älter, aber nicht wirklich alt, jedenfalls rasiert er sich vermutlich zweimal die Woche und hat noch keine Haare in den Ohren.

Angeline ist natürlich gleich an Mister Prince vorbei-spaziert (um ihre verschiedenen Duftzonen zum Einsatz zu bringen, falls die Theorie stimmt), aber er hat sie nicht mal ANGESCHAUT – ein klarer Beweis dafür, dass er nicht auf dieses Superhübsch-mit-perfekten-blonden-Haaren-Getue abfährt.

„Er steht wahrscheinlich auf Dunkelhaarige mit runden Brillen", meinte Isabella. Ich musste sie erst mal dran erinnern, dass ich gar keine Brille trage.

Wie auch immer. Jedenfalls meinte Isabella, Mister Prince würde sie mehr mögen als mich. Haha. Ich bin mir sicher, dass er mich mehr mag als sie – was ich ihr dann auch gesagt hab. Inklusive einer Light-Version von BÖSER BLICK NUMMER 3 und der Info, dass ihr Kopf so rund ist wie eine Kugel und dass sie damit ABSOLUT nicht klarkommt.

Das war keine gute Idee. Ich hab dir ja schon mal erzählt, dass Isabella echt gut kämpfen kann – wie alle Mädchen, die ältere Brüder haben. Aber zum Glück hat sie mich nicht zum Kampf herausgefordert. Sie ist nur aufgestanden, mitten in der Mensa, hat mich kühl angelächelt und mit total finsterer Stimme gesagt: „Mal abwarten, wie sehr er dich noch mag, wenn er das Bild von dir und deinem dicken kleinen Beagle an der Wand hängen sieht." Hammer, oder?

Ich hab mir Stinker zu Hause noch mal genau angeschaut. Stimmt, er ist echt alt und fett geworden, und es interessiert ihn anscheinend überhaupt nicht, dass das so ist, selbst wenn wir beide im gleichen Zimmer sind und miteinander reden. Mit ihm zusammen auf einem Bild? Geht gar nicht.

Ich muss Isabella unbedingt beruhigen und ihr dieses bescheuerte Projekt ausreden.

Mein Hund Stinker

Dienstag, der 10.

Isabella eine Idee ausreden? Vergiss es! Ich hab versucht, ihr zu verklickern, dass das Fotoprojekt mich total ruinieren würde. Aber anstatt auf meine Ängste einzugehen und das Lookalike-Ding zu canceln, wie das eine beste Freundin tun sollte, täuscht sie einen Weinkrampf vor und meint, es ginge mir nur um eins, nämlich aus Prinzip an ihrem Kunstprojekt rumzunörgeln.

Also, noch mal gaaaanz langsam, zum Mitschreiben: Wenn jemand einen Weinkrampf so gut hinkriegt wie Isabella – ihre Weinkrämpfe wirken nämlich tausendmal echter als echte Weinkrämpfe, weil sie die ja braucht, um sich gegen ihre älteren Brüder durchzusetzen – und dabei auch noch so unglaublich verzweifelt aussieht, dann hast du ABSOLUT VERDAMMT NICHT MAL DEN HAUCH EINER CHANCE.

Verdammt gut, oder?

Ich hab überlegt, Isabella zum Abendessen bei uns einzuladen, um sie umzustimmen. Aber sie weiß – wie alle meine Freunde –, was so eine Einladung bedeutet. Eigentlich weiß jeder, wie katastrophal meine Mom kocht, selbst die Lehrer … Ich meine, das ist doch, als wäre ich Draculas Kind und würde dich zu einer Nackenmassage zu mir nach Hause einladen, oder?

Im Moment ist mir das aber schon wieder völlig egal. Ich hab nämlich nach der Mittagspause mit Mister Prince gesprochen – und zwar ziemlich lange. (TOTAL ABGEFAHREN, ODER?)

Wie es dazu kam? Okay, pass auf: Es ist passiert, als ich auf dem Weg zum Mülleimer war – mit meinem Tablett, auf dem ich aus meinen Essensresten eine Art Kunstwerk geformt hatte. Die übrig gebliebenen Makkaroni und der Käse waren zu einem Berg zusammengekratzt, dann hatte ich in die Mitte eine Karotte gesteckt und das Ganze mit Schokomilch übergossen. Und jetzt kommt's: Ausgerechnet Mister Prince stand am Mülleimer und meinte mit Blick auf mein Tablett und einem Lächeln: „Oh, ein Modell vom Eiffelturm?" (T. A. O.?)

„Si", hab ich geantwortet, um auf sein Französisch-Ding einzugehen. Dann hab ich den Müll in den Eimer gekippt und bin davongerannt.

Okay, ich weiß. „Si“, also „ja“, ist nicht Französisch, sondern Spanisch. Aber Spanien und Frankreich sind nicht besonders weit voneinander entfernt, oder?

Außerdem war ich ja total aufgeregt, weil wir uns zum ersten Mal unterhalten haben. Jedenfalls hab ich's versucht, obwohl ich eigentlich gar kein Französisch kann ...

Trotzdem war's ein genialer Moment. Eigentlich fast so was wie unser erstes Date.

Ein bisschen Französisch
kann ich trotzdem:

Mittwoch, der 11.

Angeline hat schon fast die Hälfte der Kinderfotos für unser Kunstprojekt zusammen. Ich hab die Teile an die Wand gehängt und die Namen der Lehrer druntergeschrieben. Meine Arbeit ist damit erledigt.

Was mir irgendwie auffiel: Die hässlichen Lehrer haben sich allesamt Bilder aus ihrer frühen Kindheit ausgesucht, also bevor sie anfingen, richtig hässlich zu werden ...

Miss Andersons Foto stammt natürlich REIN ZUFÄLLIG aus der Zeit, als sie siebzehneinhalb war. Sie war auch nur REIN ZUFÄLLIG am Strand und stand REIN ZUFÄLLIG in einer bezaubernden Pose da. Irgendwie hab ich die Vermutung, dass hübsche Mädchen ziemlich oft rein zufällig in einer bezaubernden Pose dastehen, nur für den Fall, dass jemand rein zufällig ein Foto von ihnen schießt.

Miss Anderson hat uns an die Fotos für Isabellas Projekt erinnert und gemeint, wer kein Haustier hat, könnte auch einfach ein Bild seines Lieblingstiers abgeben.

Das war natürlich DIE Gelegenheit. Ich hab nach dem Abendessen alles versucht, damit Stinker von zu Hause wegläuft. Und es hätte auch beinahe funktioniert. Doch leider haben die Nachbarn meine Eltern angerufen und ihnen erzählt, dass ich Schweinekoteletts für ZWÖLF DOLLAR auf ihren Rasen geworfen hab.

Oh Mann. Nur weil ein ekliger, fetter Beagle KEINEN BOCK hat, einer zwölf Dollar teuren Portion Schweinekoteletts hinterherzuhecheln, durfte ich dann allein im Dunkeln draußen rumlatschen und bei totalem Pisswetter die rohen Fleischbrocken einsammeln. Und diese kleinkarierten, tratschtantigen Scheißnachbarn standen auch noch hinter ihren Vorhängen und haben mir dabei zugeschaut.

Andererseits ... wenn ich genauer drüber nachdenke ... wäre Stinker sowieso nach drei oder vier Tagen wieder zurückgekommen. Er ist schon öfter mal abgehauen und im Normalfall auch nie längere Zeit weggeblieben.

Donnerstag, der 12.

Mister Evans hat uns heute mal wieder eiskalt daran erinnert, dass in zwei Wochen das Märchen-Referat fällig ist. Dann haben wir noch ein paar Märchen gelesen und drüber diskutiert.

Zum Beispiel „Die Prinzessin auf der Erbse", die wohl aufregendste und spannendste Geschichte über jemanden mit einer Schlafstörung. „Und was lernen wir daraus?", hab ich gesagt. „Schlafe nie in einem Bett, in das jemand vorher was ‚reingemacht' hat."

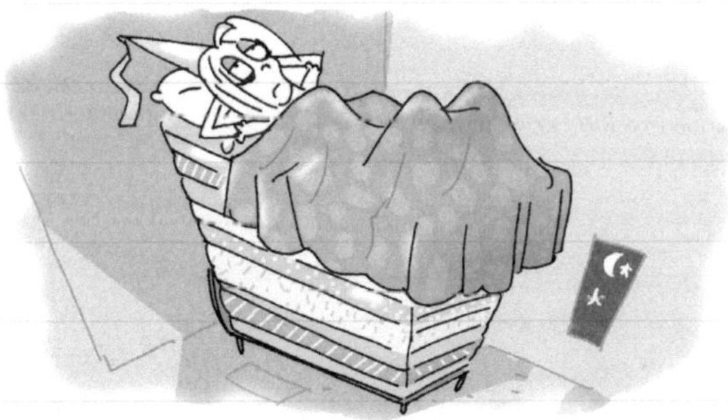

Mister Evans hat mein Wortspiel natürlich sofort verstanden, aber nichts weiter gesagt, weil er dachte, ich hätte mal wieder einen Anfall.

Brandheiße News: Du wirst es nicht glauben. Heute war der erste hackbratenfreie Donnerstag aller Zeiten – also zumindest seit ich an der Mackerel Middle School bin. Im ersten Moment waren natürlich alle völlig irritiert, beschwert hat sich allerdings keiner.

Und noch eine News: In meinem Spind lag ein Brief. Jemand hatte ihn durch den Luftschlitz eingeworfen. Total romantisch, oder?

Ich kann immer noch nicht glauben, was drinstand:

DIE HOFFNUNGSLOSE LIEBE

Ein Moment im Glück,
ein strahlender Blick,
es kann keinen schöneren geben.
Und dennoch ein sinnloses Streben,
die hoffnungslose Liebe.

Gezeichnet
M. P.

WOW, ODER? „M. P." Das ist Mister Prince! Oh Mann, ich würde den Brief vor Schadenfreude am liebsten in Angelines Gesicht drücken – und in Isabellas auch (okay, vielleicht ein bisschen weniger heftig).

Ich meine, hast du das gelesen? Er mag MICH. Nicht Blondie, nicht Kugelköpfchen. MICH! Und obwohl er weiß, dass wir niemals zusammenfinden werden (weil ich normal-alt bin und er nicht), hat er geschrieben, dass er etwas für mich empfindet.

Ich glaube, der Arme sehnt sich nach mir und vermisst mich. Ich meine, das wäre das erste Mal, dass sich jemand nach mir sehnt. (Oder wie sagt man als Dichter? „Sehnsucht nach mir hat"? „Sehnsüchtig nach mir ruft"? „Sehnsuchtsvoll nach mir schmachtet"?)

Ich hab das Gedicht natürlich Isabella gezeigt und glaube, sie ist ein wenig eifersüchtig. Ob Mister Prince auf mich wartet, bis ich erwachsen bin?

Während jemand darauf wartet, dass du erwachsen wirst, sollte er zumindest die Möglichkeit haben, etwas zu lesen oder in Ruhe Radio zu hören.

Freitag, der 13.

Ich hab Isabella verziehen. Mal wieder. Unglaublich, wie schnell mein Ego wächst, nur weil Mister Prince mir ein Liebesgedicht geschrieben hat. Mein Groll gegen Isabella löst sich plötzlich auf wie Blaubeerflecken in einem Werbespot für Gebissreiniger. (Hinweis für ältere Leute: Es gibt auch leckere Kuchen, die weit weniger Spuren hinterlassen!)

Zahnpastakuchen für Gebissträger.
Super Idee, oder?

Ich hab Isabella gefragt, ob sie Lust hat, am Wochenende mit mir shoppen zu gehen, aber sie meinte, sie würde wieder mit ihrem Dad ins Einkaufszentrum fahren. Ich wollte natürlich mehr wissen und hab die ganze Zeit gequengelt, doch es war einfach nichts aus ihr rauszukriegen. Ich bin mir sicher, Isabella hat irgendwas vor.

Was Isabella schon alles vorhatte:

mit Luftballons fliegen (in der ersten Schulklasse)

sich mit Taschenlampen bräunen (Verbrauch: sage und schreibe 40 Batterien!)

sich am Telefon als Wetterfee ausgeben und den Schuldirektor davon überzeugen, dass es ab sofort im Dezember einen Tag Hitzefrei geben muss

In der Mittagspause hab ich wieder ein kleines Kunstwerk gebastelt, für Mister Prince. Und zwar aus einem zusammengepressten Cheeseburgerklumpen und Pommes. Sah aus wie die Freiheitsstatue (Thema Frankreich, süß, oder?).

Bevor ich das Ding in den Mülleimer gekippt hab, wollte ich natürlich Mister Prince auf mich aufmerksam machen, mit Kopfnicken und Augenbrauenzucken und so, aber dann kam plötzlich Mister Evans mit diesem DU-HAST-JA-SCHON-WIEDER-EINEN-ANFALL-BLICK auf mich zugestürmt, also hab ich mein Kunstwerk schnellstmöglich entsorgt und bin weggerannt.

Mister Prince und ich sind sozusagen wie Aschenputtel und Prince Charming, nur dass Aschenputtel in unserem Fall – um auf sich aufmerksam zu machen – ihr Essen verstümmelt und merkwürdig rumzuckt und ihr Traumprinz so ganz und gar nicht auf außergewöhnliche Fußbekleidung steht. Abgesehen davon …

... bin ich immer noch am Rumprobieren, wie ich es schaffe, dass Stinker endlich verschwindet. Gleich nach der Schule hab ich ihm auf Discovery Channel eine Sendung über Wölfe vorgespielt und gehofft, dass er endlich mal Lust kriegt, sich in der freien Natur auszutoben, seinen fetten Hintern einen Berg hochschleppt und den Mond anheult oder so was.

Ich glaub, er hat das null geschnallt – nicht einmal, als ich ihm ein riesiges rundes Kissen direkt vor die Nase hielt, damit er's anheult. Im Gegenteil: Er hat nur ängstlich rumgewinselt und war voll panisch.

Er musste sich dann erst mal abreagieren und hat über eine halbe Stunde lang auf seinem Gummispielzeug rumgekaut, dem ich übrigens einen neuen Namen verpasst hab: WAUWAUKAU.

Keine Ahnung, wie ich jetzt um die Sache mit dem Foto rumkommen soll.

Stinker geht völlig ab, wenn er auf WAUWAUKAU rumkaut.

BRANDHEISSE NEWS: Heute Abend gab's Tacos, vom Lieferservice! Weil Mom keine Zeit hatte, was zu kochen. Sie war nämlich unterwegs zu ... und jetzt kommt's ... MISS BRUNTFORDS HAUS!

Unglaublich, oder? Ich meine, hallo? Ein Haus? Ich dachte, Miss Bruntford würde unter einer Brücke wohnen und den Vorbeireisenden merkwürdige Fragen stellen, bevor sie passieren durften.

Und übrigens: Seit wann geht Mom eigentlich zu Miss Bruntford?

Ach, was soll's. Ist vielleicht besser, nicht zu viele Fragen zu stellen. Meint übrigens auch Dad. Jedenfalls hab ich tierische Nackenschmerzen, vom Tacos Essen. Habt ihr das gehört, ihr Taco-Macher da draußen? Wann erfindet ihr endlich den Taco, bei dem man sich nicht gleich den Kopf auskugelt?

Ich meine, es erfindet doch auch keiner einen brandneuen Snack und erzählt den Leuten, die Sache hätte leider einen Haken, nämlich dass man das Ding nur seitwärts essen kann. Oder?

Bei einem Taco nehmen die Leute freiwillig in Kauf, dass man ihn SEITWÄRTS essen muss, aber tun sie das auch

bei einem Seitwärts-Cheeseburger

oder

bei Seitwärts-Spaghetti?

TACOS SIND ZUM SEITWÄRTSESSEN WOHL IMMER NOCH DIE BESTE WAHL.

Samstag, der 14.

Unter der Woche bin ich morgens immer total fertig und komm kaum vorwärts. Am Samstag dagegen bin ich total entspannt. Komisch, oder? Woher wissen die Muskeln eigentlich, was für ein Tag gerade ist?

Wie auch immer, heute Morgen bin ich zu Isabella. In der Hoffnung, dass sie und ihr Dad gerade ZUFÄLLIG losfahren und mich ins Einkaufszentrum mitnehmen.

Kaum war ich jedoch an Isabellas Haus angekommen, hab ich, du glaubst es nicht, mitten auf dem Rasen und mutterseelenallein, ein supersüßes Kätzchen entdeckt. Ich hab es mir natürlich gleich geschnappt und an der Tür geklingelt.

Als Isabella öffnete, fielen ihr fast die Augen aus dem Kopf.

„Wo hast du denn die Katze her?", meinte sie voll piepsig. Ich hab ihr erzählt, dass ich das Kätzchen auf dem Rasen gefunden hab, und sie meinte, es würde einer Nachbarsfamilie gehören und dass sie danach suchen und ich es ihr geben sollte, damit sie es ihnen zurückbringen kann – was ich echt total okay fand.

Etwas merkwürdig fand ich allerdings Isabellas schweres Atmen, das mich irgendwie an Stinker erinnerte, als ich ihm beim Wolfstraining das Kissen vors Gesicht gehalten hab.

Sie hat sich dann das Kätzchen geschnappt und gemeint, dass die Sache mit dem Einkaufszentrum gecancelt sei, dass sie mich später anrufen würde und PENG. Mit einem Türschlag war ich drei Dinge los: Kätzchen, Einkaufsbummel und meine beste Freundin. Isabella hatte mich einfach so stehen lassen.

Auf dem Heimweg ging mir die ganze Zeit durch den Kopf, was ich Isabella am liebsten alles an den Hals wünschen würde. Ich hab dabei wie immer versucht, möglichst traurig auszusehen (weil ich dann nämlich total hübsch bin), als mich plötzlich – ich hab's irgendwie gespürt – jemand beobachtete. Ich hab hochgeschaut ... und tatsächlich: In einem Minivan, der gerade vorbeifuhr – also nicht wie eigentlich zu erwarten in einer riesigen goldenen Kutsche mit schneeweißen Pferden –, saß Angeline und hat mir mit einer Hand zugewinkt.

Das war total ungewöhnlich, denn Angeline ist alles andere als eine Freundin. (Dafür ist sie viel zu hübsch ... und natürlich auch viel zu arrogant.)

Okay, es war nicht gerade ein Du-bist-meine-beste-Freundin-Winken, aber immerhin auch kein steifes Auf-und-ab-Ding, wie man es von Parademädchen auf Umzügen kennt.

Noch viel ungewöhnlicher jedoch war ihre Mom ...
Ich glaube, ich hab sie in diesem Moment zum ersten Mal gesehen. Keine Ahnung, was ich erwartet hatte. Jedenfalls nicht das, was ich sah.

Du kennst das: Ein Filmstar nimmt seine Eltern zu einer Preisverleihung mit, und du denkst: Wow, die sind ja genauso hässlich wie meine.
Wie geht DAS denn?

So in etwa war das auch mit Angelines Mom. Und ich meine jetzt nicht ihr Gesicht.

Ich war mal, vor Jahren, mit meinen Eltern im Zoo, und ein dreijähriger Junge hat mir – weil er dachte, er hätte ein Stacheltier oder ein Faultier oder sonst was vor sich – von hinten eine Erdnuss hingestreckt. Von da an wusste ich: Ich hatte DIE SCHLIMMSTEN HAARE DER WELT. Bis jetzt.

Also Angelines Mom hat wirklich ein superhübsches Gesicht, genau wie ihre Tochter, aber ihr Haar … Katastrophe! Total zerzaust und strohig. Als hätte ihr Friseur sich völlig verschnitten und versucht, seinen

Fehler mit allen möglichen Clips, Schleifchen und Haarspangen zu vertuschen.

Die Frisur von Angelines Mom. Furchtbar, oder?

Vermutlich hat Angeline als teuflischer kleiner Fötus ihrer Mom während der Schwangerschaft sämtlichen Glanz aus den Haaren gesaugt. Ich meine, was soll es denn sonst sein? Außer vielleicht …

Ja, außer vielleicht: Das steckt in der Familie. Wow … das würde ja bedeuten: Angeline wird mal genau wie ihre Mom! Klar! Angelines Haare werden von Jahr zu Jahr schlimmer. Burn-out-Syndrom nennt man das, glaube ich.

Als Angeline und ihre Mom dann wieder weg waren, blieb ich erst mal einen Moment fassungslos stehen … aber auch glücklich. Vielleicht können Träume ja wirklich wahr werden, dachte ich. WIE IM MÄRCHEN. Und vielleicht gibt es ja wirklich eine HÄSSLICHE FEE, die eines Tages auch mal bei Angeline vorbeischaut …

HÄSSLICH ZU WERDEN kann auch verdammt SCHÖN sein – wenn es jemand abkriegt, der es verdient hat.

Sonntag, der 15.

Ich hab immer noch keine Ahnung, welches Märchen ich für mein Referat nehmen soll.

Also, auf keinen Fall den „Rattenfänger". Kinder, die 'nem Typen mit 'ner Flöte hinterherlaufen? Was soll das denn? Eine Gitarre wäre ja noch okay. Aber eine Flöte ... geht ja wohl gar nicht.

Und „Des Kaisers neue Kleider"? Genauso bescheuert, oder?

Bleibt also nur „Der Froschkönig". Die Geschichte von der Prinzessin und dem Frosch, der zum Prinzen wird. Das gefällt mir, weil's mir ja praktisch wie der Prinzessin geht. Ich hab zwar keinen Frosch, den ich küssen kann, damit aus ihm ein Prinz wird. Dafür aber einen Prinzen (Mister Prince), der ein Land liebt, in dem man Frösche isst (Frankreich). ABGEFAHREN, ODER?

Okay, okay: Genau genommen fahren nicht alle Franzosen auf Frösche ab. (Und wenn, dann essen sie ja nur die Beine.) Außerdem gibt es jede Menge anderer Leute auf dieser Welt, die Frösche essen. Wie auch immer. Mein Vergleich ist doch super, oder?

Angeline entscheidet sich bestimmt für „Rapunzel". Wegen der Haare. Was sonst? Aber vielleicht gibt's ja noch ein paar andere Versionen des Märchens:

Montag, der 16.

Ein neues Gedicht ... du weißt, von wem!

Kannst du dir vorstellen, was er durchmacht und wie er leidet, wenn er mich sieht?

Oh Mann, ich bin total happy.

Eine BLUME hat er mich genannt, was für ein Zufall, oder? Wo ich doch in dem Gedicht an Mom etwas über eine Blüte, also im weitesten Sinne über eine Blume geschrieben hab. Als hätten er und ich ein und denselben Kopf. Unglaublich.

Okay, ein bisschen unheimlich ist das schon ...

Ich hab das Gedicht gleich Isabella gezeigt. Sie ist jetzt bestimmt NOCH eifersüchtiger.

Wie auch immer, ich weiß jedenfalls, dass er auf mich wartet, bis ich erwachsen bin, auch wenn er in seinem Gedicht etwas ganz anderes schreibt.

Dienstag, der 17.

Aus Märchen und Geschichten kann man eine Menge lernen, hat Mister Evans heute gesagt. Die „Moral" hat er es genannt. Und dann hat er uns nach einem Beispiel gefragt.

„Rumpelstilzchen", hab ich gesagt. (Zur Info: Rumpelstilzchen ist dieser finstere Gnom, der einer Jungfrau – um sie vor einer lebenslangen Gefängnisstrafe zu bewahren –, dabei hilft, aus Stroh Gold zu spinnen, und dafür im Gegenzug ihr erstgeborenes Kind verlangt. Hammer, oder?)

„Und was ist die Moral von der Geschichte?", hat Mister Evans gefragt.

„Dass junge hübsche Mädchen sich nie an ihre Abmachungen halten", hab ich geantwortet. „Auch wenn du ihnen bergeweise Gold schenkst und sie aus dem Gefängnis befreist. Und dass sie der Ursprung alles Bösen sind: Sie brechen bei Bären ein, bringen die Wohnung durcheinander, legen sich mit Wölfen an, verlaufen sich im Wald, gehen ihren Stiefmüttern auf die Nerven und, und, und ..."

Mister Evans' Kopfvene fing natürlich sofort an zu pochen. Er meinte, so was wäre ihm noch nie passiert: dass jemand Rumpelstilzchen MAG – und Rotkäppchen NICHT. Heißt das jetzt, dass ich ein totales Genie bin?

Ich glaub schon – im Gegensatz zu Mister Evans. Der hat hinter meiner Antwort natürlich mal wieder einen Anfall vermutet und mich AUGENBLICKLICH ins Schwesternzimmer geschickt.

GÄHN! Die Sekretärinnen kennen mich alle schon, winken mich durch, und ich leg mich auf die Pritsche. Immer dasselbe. Heute haben sie mir sogar einen eigenen Schlüssel gegeben und mir erlaubt, das Pritschenzimmer nach meinem Geschmack einzurichten (also die Vorhänge und so). Wahrscheinlich, weil außer mir sowieso niemand da reingeht.

Irgendwie hatte ich dann aber plötzlich das Gefühl, dass sie sich über mich lustig machen, und hab sie „alte Hexe", „alte Schachtel" oder so was in der Art genannt.

Den Schlüssel bin ich jetzt natürlich wieder los, und das mit den Vorhängen kann ich wohl auch vergessen.

Mittwoch, der 18.

Ein neues Gedicht!!! Endlich ! ! ! ! ! ! ! ! ! ! ! ! ! ! ! ! ! !
! !
! !
! !

Hey, Jamie, du bist das Girl, das ich mag,
du bist das Girl, das ich auf Händen trag,
du bist nicht die NACHT, du bist der TAG,
du kannst mir glauben: Ich red keinen Quark.

Gezeichnet
Ein geheimer Verehrer

Hm ... nicht gerade ein Highlight ... aber auch Shakespeare hatte mal einen schlechten Tag.

Hat bestimmt damit zu tun, dass mein Prinz mich vermisst. Ist ja auch klar, dass ihn das verwirrt, wenn er die ganze Zeit nur noch an mich denkt. Wie auch immer: Er nennt sich jetzt einen VEREHRER!!!

Vielleicht gibt es ja einen Laden, der Säulen verkauft, auf denen man sich von seinem Verehrer verehren lassen kann ...

Als Antwort auf seinen Gefühlsausbruch hab ich beim Mittagessen ein neues Kunstwerk für ihn geknetet. Also, ich finde, die Sphinx ist echt gut geworden – wenn man berücksichtigt, wie selten die alten Ägypter mit Spaghetti und Wackelpudding gearbeitet haben.

Isabella meint das übrigens auch, und sie weiß, wovon sie redet, sie ist schließlich Italienerin und kennt sich mit Nudelkram bestens aus.

Eine Pyramide hatte ich auch gebaut, aber irgendwas musste ich schließlich essen.

Mister Prince war von meinem Liebeszeichen völlig angetan. Er meinte, die Skulptur wäre wunderschön und meine Hände würden aussehen wie zierliche, blutende Täubchen, auf die jemand Wackelpudding geworfen hatte.

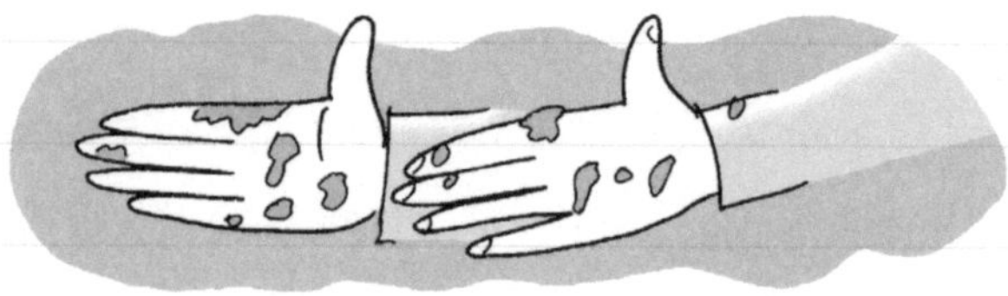

Okay, er hat das NICHT WORTWÖRTLICH so gesagt, mehr mit seinen Augen oder in seinen Gedanken. Keine Ahnung. Jedenfalls ... als ich mich umdrehte ... stand Hudson da und hat „Hi" gesagt. Weil ich aber zurzeit irgendwie mit Mister Prince zusammen bin, hab ich ihn nicht wirklich registriert und ihm nicht geantwortet.

Und plötzlich stand auch Angeline da. Ich glaube, sie war ziemlich verdutzt. Bestimmt weil Mister Prince mich so sehnsüchtig anstarrte. Oder weil ich Hudson observiert hatte. Oder weil ihr plötzlich bewusst war, dass die Sphinx mit einem Hackfleischbällchen als Nase viel besser aussehen würde.

Apropos Nase. Ich bin mir ganz sicher, dass Angeline aus einer ihrer Kopfzonen eine Duftladung auf den armen Hudson abgefeuert hat, der mir in diesem Moment eher wie ein kleiner Junge vorkam – verglichen mit meinem allerliebsten Mister Prince.

Donnerstag, der 19.

Heute hab ich noch mal versucht, Isabella umzustimmen: Wir könnten doch so tun, als ob ich kein Haustier hätte. Sie meinte, das würde ihre INTEGRITÄT als KÜNSTLERIN untergraben.

Pfff. Ich hab sie erst mal daran erinnert, dass sie letzten Monat bei einem Selbstporträt-Projekt eine Zeichnung von Angelina Jolie abgegeben hat.

Nichts zu machen.

Auch als ich ihr vorschlug, dass ich doch einfach ein Foto von einem anderen Beagle nehmen könnte. Einem mit weniger Schlabbermaul und Mundgeruch als Stinker: null Reaktion. Sie meinte nur, dass das total UNREDLICH wäre. Pfff. Und was war das, bitte schön, als sie vor zwei Monaten mit einem Marker ihre Brille bemalt hat, damit jeder denkt, ihre Augen wären blau?

Zum Schluss hab ich sie gefragt, ob sie das wirklich glaubt, also dass Menschen wie ihre Haustiere aussehen und so. Sie meinte, dass das ja nicht ihre Erfindung wäre, sondern eine allgemein bekannte naturwissenschaftliche Erkenntnis. Pfff. Ich hab sie dann daran erinnert, dass sie, ihrer Kopfform nach zu urteilen, eigentlich einen Luftballon als Haustier haben müsste.

Das Mittagessen mit Isabella konnte ich natürlich kicken.

Wenigstens gab's heute keinen Hackbraten. Zum zweiten Mal in Folge! Und Miss Bruntford war auch noch nicht da. Vielleicht will die Schulleitung Mister Prince ja behalten. Das wär der Wahnsinn, oder?

Okay, für ihn wär das vielleicht nicht ganz so lustig, mit all dem Sehnsuchtskram und so. Aber für mich wär das der absolute Wahnsinn.

Freitag, der 20.

Angeline hat heute Morgen an meinem Spind auf mich gewartet. Sie meinte, „unser" Kunstprojekt wäre fast fertig. Ich müsse nur noch den Glitter auftragen. Kein Wunder, schließlich bin ich, wie jeder weiß, Spezialist für Kleb- und Glitzerkram aller Art – oder GLITZIFIZIERUNG, wie wir Fachleute es nennen.

Angeline hat tatsächlich von jedem Lehrer ein Foto aufgetrieben. Als Baby oder Teenie oder sonst was. Also für einen Moment dachte ich echt, dass das eine SUPER Idee war. Bis ich das Bild mit der Aufschrift „Bruntford" entdeckte …

Auf den ersten Blick hatte es wie ein Kindergartenfoto eines ganz normalen kleinen Mädchens ausgesehen … ein bisschen wie ich … dann, bei genauerem Hinsehen, ein bisschen mehr wie ich … und beim dritten Mal plötzlich … du glaubst es nicht … TOTAL EXAKT GENAU WIE ICH.

Du weißt, was das bedeutet: Wenn Miss Bruntford als Kind genauso aussah wie ICH, dann werde ich, wenn ich groß bin, genauso aussehen wie SIE!

„Alles okay?", hat Angeline in ihrem typisch arroganten Ton gefragt. „Ich hoffe, du bist nicht genervt, dass ich den Glitter selbst aufgetragen hab. Ich wollte das Bild nämlich gleich zu Miss Anderson bringen, damit sie's nächste Woche in der Mensa aufhängen kann."

Dann hielt sie einen Moment inne und grinste mich mit diesem aalglatten Mini-Lächeln an. So mini und glatt wie ein Babypopo.

Mir war natürlich klar, dass ihr die Ähnlichkeit zwischen mir und Miss Bruntford aufgefallen war und dass sie mich gerade fertigmachen wollte.

Aber ich blieb völlig cool, hab kurz genickt und gedacht, wie bescheuert doch eigentlich Angelines Projekt war. Noch bescheuerter als das von Isabella. Oder mein Vergleich mit dem Babypopo (siehe oben).

Nur noch eine Woche, dann hängen Isabellas und Angelines Bilder in der Mensa, und alle – inklusive Mister Prince – werden sie sehen.

Ich glaube, nicht mal Rumpelstilzchen kann mir jetzt noch helfen ...

... allerhöchstens Humpty Dumpty ...

Samstag, der 21.

Heute Morgen hatte ich nur noch einen Gedanken: Wie kann ich Isabella in letzter Sekunde doch noch dazu bringen, ihr Projekt umzuschmeißen? Vielleicht hatte sie ja Mitleid, wenn ich ihr von Baby Bruntford erzählte. Ich war zu allem bereit, sogar zu der Lüge, dass, wenn sie ihre Meinung ändert, ihr Kopf viel weniger rund werden würde als jetzt. (Obwohl er in Wahrheit von Tag zu Tag runder wird.)

Total praktisch: Isabella hat immer ihre eigene Bowlingkugel dabei.

Ich bin natürlich gleich zu Isabella rüber. Du glaubst es nicht: Vor ihrem Haus saß tatsächlich wieder das kleine Kätzchen von letzter Woche, und daneben noch ein zweites. Ich hab die beiden geschnappt, an der Tür geklingelt, und Isabella hat geöffnet.
Isabella hatte ein drittes, noch viel kleineres Kätzchen bei sich und machte riesengroße Augen, als sie mich mit den zwei anderen Kätzchen dastehen sah – wie damals, als wir in Biologie zum ersten Mal etwas über Du-weißt-schon-was erfahren haben.
„Oh, prima", meinte sie.

Ich hab sofort gemerkt, dass das gelogen war. Dafür kenne ich sie viel zu gut.

Sie weiß das natürlich und lässt mich normalerweise mit ihren Schwindeleien auch in Ruhe.

Dass sie's trotzdem versucht hat, war ein Zeichen, dass irgendetwas absolut nicht stimmte.

„Die beiden Kätzchen gehören meinen Nachbarn, und das dritte auch. Ich hab's gefunden, kurz bevor du gekommen bist. Ich muss die drei so schnell wie möglich wieder zurückbringen. Meine Mom ist nämlich hier und darf sie auf keinen Fall sehen, weil ..."

Isabella suchte händeringend nach einer Erklärung.

„Weil ... meine ... Mom ... fährt ... nämlich ... voll ... auf ... Tierbabys ... ab."

Isabellas Mom ist echt nett. Aber dass sie auf Tierbabys abfährt? Hallo? Ich hab sie mal beobachtet, wie sie ein Kalbsschnitzel weich geklopft hat. Das sah aus, als würde das arme Ding ihr Geld schulden.

Sonntag, der 22.

Heute hab ich die Operation „MACH DIE FLIEGE, BEAGLE" gestartet. Das Ding ging voll in die Hose. Und das alles nur wegen Kaffee und der bescheuerten Hundezüchterei.

Die Idee kam mir gestern Abend, als ich Stinker dabei beobachtete, wie er an WAUWAUKAU, seinem Knutsch-und-Kauspielzeug, rumgenagt hat. Ich dachte, dass mein Plan eigentlich funktionieren müsste, aber dann kam alles ganz anders ...

Also, zuerst hab ich auf Moms Nachttisch ein paar Aspirin und Kleenex gelegt, dann alle Kaffeebohnen in den Mülleimer gekippt, die leere Packung auf dem Küchentisch liegen lassen und die Uhrzeit an Dads Wecker verstellt.

So weit verstanden? Okay. Dann hab ich meine Schulkleider angezogen, meinen Rucksack geschnappt und bin auf Zehenspitzen ins Schlafzimmer meiner Eltern geschlichen. Ich hab Dad wachgerüttelt und geflüstert: „Dad. Dad. Schau auf die Uhr! Du hast verschlafen! Du hast verschlafen!"

Ich musste natürlich voll panisch klingen, damit er auf keinen Fall auf die Idee kam, dass heute Sonntag war und dass er gar nicht zur Arbeit musste.

Er ist hochgeschreckt und hat als Erstes zu Mom geschaut, die immer noch schlief.

„Weck sie nicht auf", hab ich gesagt und auf das Aspirin und die Kleenextücher gezeigt. „Ich glaub, ihr geht's nicht so gut."

Dad ist in seine Kleider gesprungen und nach unten in die Küche gerannt, ich ihm hinterher. Ich hab dann auf die Kaffeepackung gezeigt: „Der Kaffee ist alle, Dad. Du musst los! Beeil dich!"

Dad ist völlig geistesabwesend ins Auto gestiegen und hat in seinem Tran natürlich nicht gesehen, dass ich direkt hinter ihm stand – mit dem fetten alten Stinker im Arm, um ihn gleich auf der Hofausfahrt abzusetzen.

Dad hat auch nicht bemerkt, dass Stinkers Lieblingsspielzeug hinten an der Stoßstange festgebunden war.

Dad fährt echt schnell, aber wenn er glaubt, dass er spät dran ist, schießt er aus der Auffahrt wie eine Rakete. Ich dachte natürlich, dass Stinker, wenn er sein Lieblingsspielzeug davonfliegen sieht, Dads Auto eine Weile hinterhertrottet und durch die Gegend keucht, bis er nicht mehr kann und sich verirrt.

Irgendjemand würde ihn dann gegen Ende der Woche auflesen und zu uns zurückbringen. Und ich dürfte mir in der Zwischenzeit für Isabellas Projekt ein süßes Rehkitz oder einen schönen Schwan aussuchen, weil mein Haustier ja weggelaufen war.

Mein „neues“ Haustier: Ein Schwan, der Ballett tanzen kann!

Weißt du eigentlich, wie Hundezucht funktioniert? Okay, pass auf, ich erklär's dir: Vor langer Zeit schauten sich die Leute, die den Beagle erfinden wollten, nach den zwei beaglischsten Tieren um, die sie finden konnten. Und nachdem die beiden beaglischen Hunde Junge bekamen, haben die Leute diese Jungen mit anderen superbeaglischen Hunden verheiratet, bis schließlich, nach zillionenmaligem Wiederholen, der Beagle entstand, den wir heute kennen.

Ich hab mich früher nie ernsthaft gefragt, warum man den Beagle überhaupt züchtet. Ich hatte vermutlich gedacht, dass man sich einen Beagle zulegt, weil er stinkt und tierisch nervt. Also zum Beispiel, wenn ein Hausbesitzer etwas braucht, um seine Blumenbeete umzugraben, aber Angst hat, dass die Nachbarn bei einem Stinktier dauernd rummeckern würden.

In Wahrheit werden Beagle jedoch gezüchtet, um Dinge zu jagen. Schnelle Dinge. Zum Beispiel Füchse und (in diesem speziellen Moment) Kauspielzeuge, die an einem davonrasenden Auto festgebunden sind.

Ich hab Stinker noch nie so schnell losjagen sehen. Das Kratzen seiner Fußnägel auf dem Beton war so laut, dass von Dads quietschenden Reifen nichts mehr zu hören war.

In Sekundenbruchteilen hatte Stinker Dads Auto eingeholt und sich an Wauwaukau festgebissen.

Es gibt noch einen weiteren Grund, warum man Beagle züchtet: SIE GEBEN NIE AUF. Stinker würde sein Lieblingsspielzeug für nichts auf der Welt loslassen, auch wenn Dads Auto ihn stundenlang durch die Gegend zerrt.

Zum Glück (für Stinker) ist Dad nur einen Block weit gefahren und hat dann angehalten. Und weißt du, wofür? Nein, nicht für Medizin. Und auch nicht für Benzin, sondern für ...

... KAFFEE. Die Blutbahnen von Erwachsenen sind praktisch voll damit, und bei Dad ist es ganz besonders schlimm. Weil er zu Hause keinen mehr bekommen hatte, hat er sogar riskiert, zu spät zur Arbeit zu kommen – nur für eine Tasse seines geliebten Starbucks-Kaffees. („Ohne meinen Latte bin ich ziemlich matte", wie er immer sagt.)

Erst als er aus dem Auto stieg, hat er bemerkt, dass Stinker noch an Wauwaukau festhing und – nach einem zufälligen Blick auf den Zeitungskasten vor der Eingangstür zu Starbucks – wurde ihm plötzlich klar, dass heute gar kein Wochentag war, sondern Sonntag.

Zu Hause gab es natürlich riesigen Ärger. Dad war völlig außer sich vor Wut. Ich meinte, ich hätte aus Versehen das Datum verwechselt, und hab mich so lange bei ihm dafür entschuldigt, bis er sich irgendwann beruhigt hat. Dann hat er mir Stinker überreicht (der so dreckig war wie noch nie) und ist zurück ins Bett.

Wie ich schon sagte, mein Plan war voll in die Hose gegangen, und es sah ganz danach aus, als würde ich Stinker so schnell nicht loswerden. Aber dann kam plötzlich etwas ins Spiel, mit dem ich nicht im Geringsten gerechnet hatte: DER MOM-FAKTOR.

Ja, Mom hat uns heute Nachmittag total überrascht.

Du erinnerst dich sicher noch an letzte Woche, als jemand angerufen hat und Mom völlig aus dem Häuschen war, oder? Das war Miss Bruntford. Sie hat Mom nach ihrem Hackbratenrezept gefragt, damit sie und Mom es für den NEUEN VERFEINERTEN Schulhackbraten verwenden können.

Unglaublich, oder? Ich meine, die Lehrer wissen doch alle über Moms Kochkünste Bescheid. Es ist noch kein Jahr her, dass wegen ihrer Zitronenschnitten auf dem Kuchenbasar mehr als ein Dutzend Kinder DREI TAGE lang nichts mehr hören konnten.

Eins der Kinder behauptet sogar, dass es den Zitronengeschmack bis heute nicht losgeworden ist.

Mom meinte, sie hätte einen kleinen Hackbraten gemacht (du erinnerst dich an den Tag, als wir gerochen haben, dass sie kocht, und sie uns trotzdem Pizzas bestellt hat?) und ihn bei Miss Bruntford vorbeigebracht. Miss B. hätte ihn begutachtet und Mom gebeten, eine größere Menge davon fertig zu machen, um ihn diese Woche an den Kids in der Schule auszuprobieren.

Mom meinte auch, dass Miss Bruntford ganz genau wüsste, wie sehr die Kids ihren Hackbraten hassen, und dass sie deshalb Mom als Problemlöser eingeschaltet hätte.

Dad und ich wollen Mom natürlich nicht entmutigen und haben erst mal beschlossen, auf Kommentare zu verzichten. Sie ist nämlich sehr stolz auf ihre neue Aufgabe.

Dennoch hab ich mitgekriegt, dass Dad heimlich mit unserem Versicherungsvertreter telefoniert hat. Ich glaube, es ging irgendwie darum, ob wir ausreichend versichert sind, falls Mom eine ganze Middle School vergiftet.

Mom war also den ganzen Tag mit ihrem Hackbraten beschäftigt. Und ich saß im Wohnzimmer und hab versucht, so wenig wie möglich zu atmen, als ich plötzlich sah, wie Stinker zuerst in die Küche ging und dann in den Flur. Er hat an der Haustür gekratzt, und ich hab sie geöffnet. Danach ist er nach draußen marschiert und den Gehweg entlang vom Haus weggelaufen.

Ich hab ihm hinterhergeschaut, bis er nicht mehr zu sehen war.

Als ich kurz darauf in die Küche kam, fiel mir die Klappe runter. Ich sah, was auch Stinker gesehen haben musste: Hackbraten, Hackbraten und noch mal Hackbraten. Stinkende, dampfende, rechteckige Klumpen, so weit das Auge reichte.

Mir war sofort klar: Stinker hatte eins und eins zusammengezählt – besser gesagt, alle Hackbraten. Er wusste genau, wie viel Abfall für ihn übrig bleiben würde, und die Vorstellung, das alles essen zu müssen, fand er wohl unerträglich.

Mom hat mal gesagt, dass ich ihr Essen eines Tag schätzen werde. Sie hatte recht. Heute ist es so weit. Denn Stinker ist endlich von zu Hause weg!

Montag, der 23.

Und jetzt kommt's: Obwohl Stinker von zu Hause weg ist, lässt Isabella nicht locker. Sie meint, LAUT REGULARIEN sei mein Hund, solange er nicht für immer fortbleibt oder weggegeben wurde oder durch ein Kätzchen, eine Schildkröte oder ein anderes Haustier ersetzt wurde, immer noch mein Hund und müsse demzufolge an unserem Projekt teilnehmen.

Als ich sie dann fragte, ob sie vielleicht „Welpe" statt „Kätzchen" meinte, wurde sie plötzlich wieder panisch und meinte, dass das völlig egal wäre und dass das ja überhaupt nicht IHRE Kätzchen wären. Im Übrigen müsste ich ihr auch gar keine Fotos mehr geben, da sie bereits welche von mir und von Stinker hätte, die für ihr Kunstprojekt völlig ausreichten.

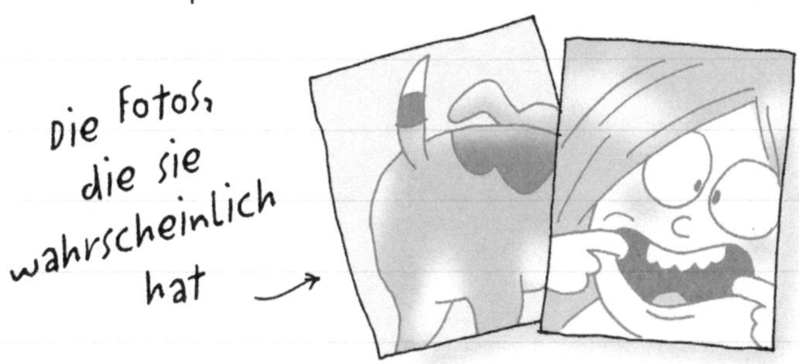

Ich hab mir dann überlegt, dass es eigentlich ein schöner Tag war, um mit Mister Prince etwas länger zu reden. Zum Beispiel über die Gefühle, die wir füreinander empfinden, und über die Idee, dass er Isabella eine Zeit lang von der Schule beurlauben könnte.

Um ihn schon mal ein wenig darauf vorzubereiten, hab ich aus Kartoffelbrei einen Isabellakopf geformt und in eines der Augen eine Gabel gesteckt.

Er hat es leider nicht mitgekriegt. Zu schade. Mister Prince stand heute nämlich nicht beim Mülleimer, sondern hinten in der Ecke und hat mit Miss Anderson gequatscht. Wahrscheinlich über mich. Süß, oder? ... Wie er sich für mich interessiert ...

Ich glaube, Hudson hat mal wieder „Hi" gesagt, aber ich hab's nicht wirklich registriert, weil mein Leben zurzeit so unglaublich romantisch ist, wie ein Märchen, obwohl ich immer noch nicht weiß, ob ich jetzt die Prinzessin bin oder der Frosch. Apropos Märchen: Da war doch noch dieses Märchenprojekt bei Mister Evans ...

Wie auch immer, jedenfalls hatte ich plötzlich total Hunger und hab's irgendwie bereut, dass ich Isabellas Kopf weggeworfen hatte, anstatt ihn zu essen.

Und dann habe ich mich auf einmal gefragt, warum Isabella wieder die „Kätzchen" erwähnt hat ...

Dienstag, der 24.

Ich musste unbedingt herausfinden, was es mit den Kätzchen auf sich hatte. Darum hab ich Isabella gefragt, ob die KÄTZCHEN wieder bei den Nachbarn sind und ob es den KÄTZCHEN gut geht ... diesen süßen KÄTZCHEN ... KÄTZCHEN, KÄTZCHEN, KÄTZCHEN ...

Jedenfalls hab ich Isabella so lange in die Enge getrieben, bis sie irgendwann nicht mehr konnte. Und weil ihr klar war, dass sie mir nichts vormachen konnte, saß sie nun in der Falle.

Isabella wusste genau, dass ich sie in der Hand hatte.

Irgendwann im Kunstunterricht, meinte sie dann, sei ihr schlagartig klar geworden, dass niemand ein hässlicheres Haustier hatte als ich. Außer sie selbst. Isabella hat nämlich eine Schildkröte!

Also hat sie all ihre Überredungskünste eingesetzt und ihren Dad gefragt, ob er mit ihr zum Einkaufszentrum fährt, um dort ein Kätzchen zu kaufen – das süßeste Haustier der ganzen Welt und aller Zeiten (ihrer Meinung nach).

Doch schon nach weniger als einer Woche, meinte sie dann, wäre das Kätzchen gar nicht mehr hübsch gewesen, und weil sie wollte, dass ihr Kätzchen das HÜBSCHESTE Haustier im ganzen Kunstprojekt war und deshalb auch jeder sagen würde, dass Isabella das hübscheste Mädchen der Klassenstufe war, hat sie ihrem Dad erzählt, das Kätzchen sei weggelaufen.

Und dann hat sie so lange geweint und geweint und geweint, bis er nicht mehr Nein sagen konnte und ihr ein neues Kätzchen kaufte. (Wie du ja weißt, Tagebuch, sind Isabellas vorgetäuschte Weinkrämpfe unschlagbar.)

Eine Woche später hat sich das Ganze dann wiederholt. Das neue Kätzchen war gar nicht mehr so hübsch und so weiter und so weiter ... und wurde schließlich durch ein neues ersetzt. Die beiden anderen hat sie in ihrem Zimmer versteckt, bis das Kunstprojekt vorbei sein würde.

Ich hatte sie also in der Hand. Wie ein richtiger Fernsehanwalt hab ich ihr klargemacht, dass die SCHILDKRÖTE ihr wahres Haustier sei und deshalb auch UNBEDINGT auf das Foto musste.

Mit einem Schlag war sie wieder völlig schräg drauf und meinte: „Nein! Kätzchen eins und zwei haben die Schildkröte gestern Abend gefressen. Wirklich schade. Aber zum Glück läuft ja jetzt alles ganz gut!"

„Wie? Alles läuft ganz gut?", hab ich gesagt. „Für MICH läuft überhaupt nicht alles ganz gut."

„Du brauchst grad was zu sagen", hat sie gekontert, „mit deinen drei Boyfriends."

„DREI BOYFRIENDS?", hab ich gesagt. „Was denn für DREI BOYFRIENDS?"

Die Antwort blieb sie mir natürlich schuldig. Sie meinte nur, dass sie von mir und Stinker noch viel üblere Fotos hätte und an meiner Stelle die Kätzchensache auf sich beruhen lassen würde, bis das Kunstprojekt zu Ende sei.

Tja, Isabella hat ältere Brüder und kennt sich mit Erpressung bestens aus.

Andere üble Fotos, die Isabella wahrscheinlich hat. Ich glaube, die von mir sind nicht viel besser.

Mittwoch, der 25.

Heute war Abgabe für unser Kunstprojekt. Isabella hat mir mit ihrem Blick noch einmal eindringlich klargemacht, dass sie ein paar ziemlich üble Fotos von mir und Stinker in der Hinterhand hat – und dass ich besser meinen Mund halte.

Angeline hat mich angestarrt, als würde sie erwarten, dass ich etwas zu ihr sage, aber was hatte ich schon zu sagen? Dass ich MISS BRUNTFORD bin? Oder DER BEAGLE? Ich war mit meinem Latein am Ende.

Mein Leben ist der totale Albtraum. Und wie geht's DIR?

Beim Mittagessen hat mich Mike Pinsetti mal wieder voll zugelabert, und ich hab natürlich kein einziges Wort von dem verstanden, was Mister Prince und Miss Anderson zu besprechen hatten. Es ging bestimmt um lustige Sachen, die ich gesagt hatte. Die beiden haben nämlich die ganze Zeit gekichert.

Das einzig Gute heute: Hudson und Angeline saßen am selben Tisch. Ich bin ihr echt dankbar, dass sie mir Hudson abgenommen hat, wirklich … Obwohl ich, jetzt, wo ich's schreibe, kaum glauben kann, dass ich das gerade gedacht hab, und es deshalb gleich wieder zurücknehme …

Daran sieht man mal, wie abwesend ich bin. Ich muss immer wieder daran denken, wie viele Jahre Mister Prince wegen mir noch leiden muss, bis ich endlich erwachsen bin.

Was Mister Prince während seiner Wartephase alles machen könnte:

Donnerstag, der 26.

Miss Bruntford ist wieder da! Mit Moms Hackbraten.

War ja klar, dass das irgendwann kommt. Dass Mom in der Schule aufkreuzt, war allerdings nicht geplant. Mal ehrlich, so was passiert doch normalerweise nur, wenn dein Haus abbrennt oder deine Mom dein Tagebuch gelesen hat, oder?

Meine Mom wollte jedenfalls unbedingt dabei sein, wenn die Kids zum ersten Mal ihren Hackbraten probieren. „Ich hab dir gesagt, dass du mein Essen eines Tages schätzen wirst", hat sie gesagt.

Die Kids hatten sich gerade mit Moms Hackbraten hin-

gesetzt, als Miss Anderson angetanzt kam und anfing, die Fotos vom Kunstprojekt aufzuhängen. Die größte Blamage aller Zeiten war sozusagen im Anmarsch. Ich fing vorsichtshalber schon mal an, mir Gedanken über meine zukünftigen Therapeuten zu machen.

Doch dann sprang plötzlich ein Junge von seinem Stuhl hoch und fing an zu schreien, als ob ihn ein gefährliches Ding in die Zunge gestochen hätte.

ES WAR DER HACKBRATEN!

Eine Sekunde später sprang schon das nächste Kind von seinem Stuhl hoch und stürmte mit zugehaltenem Mund aus der Mensa, dann das nächste und, und, und.

Mom sah völlig entsetzt aus – im Gegensatz zu Miss Bruntford. Die wirkte irgendwie zufrieden. Vielleicht ein wenig ZU zufrieden. So, als hätte sie das Ganze von langer Hand geplant …

Plötzlich ging mir ein Licht auf. Je mehr Kids mit Brechreiz aus der Mensa strömten, desto mehr wurde mir klar, welch teuflische Idee hinter Miss Bruntfords Hackbraten-Aktion steckte. Dieselbe nämlich wie hinter Isabellas Plan: Wenn du besser aussehen willst, brauchst du etwas Schlechteres zum VERGLEICH.

Miss Bruntfords Absicht war, den Schülern einen noch VIEL schlechteren Hackbraten zu servieren. So schnitt ihr eigener Hackbraten im VERGLEICH zu dem meiner Mom besser ab. Ganz einfach.

Irgendwann waren alle Schüler aus der Mensa verschwunden, bis auf mich und Angeline – die den

Hackbraten nicht angerührt hatte. Sie lief hinüber zu Isabellas Projekt, nahm Stinkers Bild von der Wand und ersetzte es durch ein neues, das sie aus ihrer Tasche gezogen hatte.

Ich traute meinen Augen kaum. Es war das Foto eines superhübschen, vom Kopf bis zur Pfote gestriegelten Beagles, wie man ihn sonst nur vom Cover einer Ausgabe des „American Beagle"-Magazins kennt.

„Das ist Stinker", sagte sie.

„Ich hab ihn gestern Abend gefunden, als er in der Nähe unserer Mülleimer rumgelungert ist. Er sah total versifft aus, als hätte ihn jemand misshandelt. Ich hab ihn natürlich erst mal mit Mineralwasser abgespült und mit verdünntem Babyshampoo gewaschen, dann sein Gesicht und den Kopf mit proteinhaltiger Aloe-vera-Creme eingerieben, vorsichtig Feuchtigkeits- und Glanzverstärker über seinen Rücken verteilt, die Beine mit einer Kräuterwellnessmassage aufgelockert und den Schwanz mit einer Peroxidlösung abgetupft, um das Weiß etwas hervorzuheben. Danach hab ich einen Multiplex-Conditioner aufgetragen, mit einer von mir selbst an die spezielle Struktur des Beaglefells angepassten Rezeptur, und zum Schluss hab ich ihm eine ordentliche Frisur verpasst, und zwar mit meiner original FEATHER-Silberschere mit hauchdünner Schneide, die ich irgendwann auf eBay ersteigert hatte und von der es weltweit nur sechs Exemplare gibt – fünf davon in Hollywood. Ich denke, das ist der beste Look für sein Foto, oder?

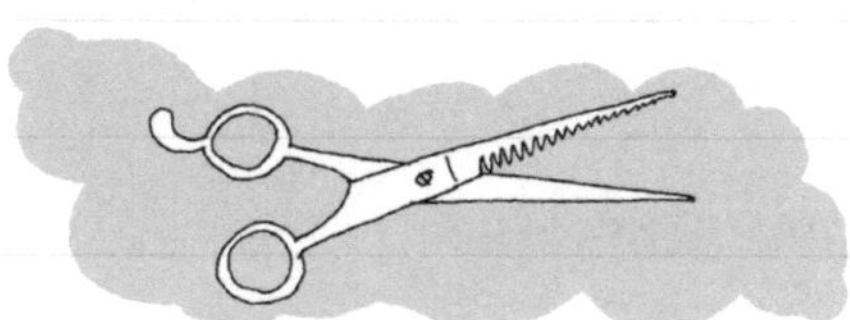

Jedenfalls ist Stinker im Moment bei mir zu Hause. Du kannst ihn jederzeit dort abholen."

Das alles sagte Angeline in einem Atemzug, dann überreichte sie mir das schreckliche Stinker-Bild, das sie zuvor abgehängt hatte.

Wow! Was für eine Lehrstunde in Sachen MAKEOVER! Ich war echt platt und hab Angeline gefragt, wo sie das mit dem Tierpflegekram bitteschön alles gelernt hatte.

„Da gibt's eigentlich keinen Unterschied zum menschlichen Haar", hat sie gesagt. „Wirklich nicht. Im Grunde sind meine Haare wie die von Stinker. Schlimmer noch, sie sind wie die von meiner Mom.

Meiner Mom geht's nämlich, was Haare betrifft, genauso wie deiner Mom mit dem Kochen. Als ich klein war, haben sich alle über mich lustig gemacht. Das war total schrecklich.

Ich hab dann angefangen, mich über Haare schlauzumachen, hab Bücher gelesen und Zeitschriften, hab mir sogar die Haare der Leute vor mir im Kino angeguckt. Ich hab alles in mich reingesaugt, was es reinzusaugen gab. Glaub mir, wenn ich meine Haare nicht ständig pflegen würde, wären sie wie die von meiner Mom."

Keine Ahnung, aber irgendwie hatte ich plötzlich Mitleid mit Angeline.

„Es gab da allerdings ein Kind im Kindergarten, das nicht über mich gelacht hat", fuhr Angeline fort und zeigte auf das Kinderfoto von Miss Bruntford.

„Miss Bruntford?", hab ich gefragt.

Angeline nahm das Foto ab und hielt es mir direkt vor die Nase. „Nicht ganz", sagte sie. „Ich kann immer noch nicht glauben, dass du den Joke nicht kapiert hast. Ich dachte, du würdest ein bisschen schneller dahinterkommen."

Du wirst nicht glauben, was hinten auf dem Foto stand …

Das war eindeutig MEINE Handschrift, und es war eindeutig kein Foto von Baby Bruntford, sondern von MIR!

Plötzlich kam mir Angelines Mom IRGENDWIE bekannt vor, als hätte ich sie IRGENDWANN schon mal gesehen. Und im selben Moment erinnerte ich mich auch an Angelines Haare, die damals genauso schrecklich waren wie die ihrer Mom heute.

Ja, stimmt. Das Foto hatte ich Angeline im Kindergarten geschenkt ... Und jetzt hat sie es mir sozusagen als Miss Bruntford verkauft ... zum Spaß. Unglaublich! ANGELINE HATTE MICH VERSCHEISSERT!!!

„Wir waren zusammen im Kindergarten", sagte ich.

„Aha." Ich war wie betäubt.

„Ja", hat sie geantwortet. „Weißt du noch? Ich konnte damals nicht mal meinen Namen richtig sagen, weil ich ein Sprachproblem hatte. Für mehr als ‚Annie' hat es nicht gereicht. Wir sind in jenem Sommer umgezogen, ans andere Ende der Stadt, und später war ich dann an einer anderen Grundschule als du. Deswegen haben wir uns erst an der Middle School wiedergesehen."

Waren Angeline und ich also tatsächlich Freundinnen im Kindergarten? Keine Ahnung. Ich kann mich nicht mehr erinnern.

Angeline hat sich danach erst mal hingesetzt und von dem Hackbraten probiert.

„Du isst den Hackbraten meiner Mom???", hab ich sie gefragt, als sie plötzlich mit ihrer Gabel zum Ecktisch zeigte, wo mutterseelenallein meine Mom saß und völlig deprimiert auf die Berge ihrer zurückgelassenen Hackbraten starrte, die immer noch stinkend vor sich hin dampften.

Ich hab mich zu Angeline gesetzt und angefangen, was zu essen. Das war ich meiner Mom schuldig.

Dieser Hackbraten hatte Stinker zu Angeline geführt, die ihm ein Makeover verpasste.

Und er hat die Kids aus der Mensa gejagt, damit wir genug Zeit hatten, das Baby-Bruntford-Foto abzuhängen.

Das mag vielleicht bescheuert klingen, aber mal ehrlich: Wessen Moms Hackbraten hat das drauf?

Dann hat die Schulglocke geläutet, und ich hab auf dem Weg nach draußen an der Stelle, wo das Baby-Bruntford-Foto gewesen war . . .

… noch schnell das schreckliche Stinker-Foto hingehängt. Mom hat mir zwar einen kritischen Blick zugeworfen, aber ich weiß, dass sie in Wahrheit zutiefst dankbar war.

Stinker könnte von mir aus noch viel schrecklicher aussehen.

Was für ein Tag, oder? Und er ist noch lange nicht vorbei. Ich muss nämlich bis morgen noch mein Märchen-Referat fertig machen und jetzt leider mit dem Tagebuchschreiben aufhören, sonst schaff ich das nicht mehr. Also dann, bis morgen.

Freitag, der 27.

Mister Evans hat mich heute Morgen – wie immer – als Erste aufgerufen. Ich meinte, dass mein Referat sich mit unterschiedlichen Märchen beschäftigte, und fing mit der Analyse von Schneewittchen an:

Dass sie einen vergifteten Apfel dazu benutzt hat, besser auszusehen, dass sie aber genauso gut einen vergifteten Hackbraten hätte nehmen können, und dass Märchen uns immer daran erinnern, wie viele gemeine und hinterhältige Menschen es auf der Welt gibt.

Aber, fuhr ich fort, Märchen sind kurz und lassen viele Fragen offen. Zum Beispiel: Wer hat Rapunzels Haare gewaschen, nachdem der Prinz mit seinen matschigen Stiefeln auf ihnen rumgetrampelt ist?
Natürlich Rapunzel.

Und vielleicht denken die meisten Leute auch, dass es Prinzessinnen immer leicht haben. Fehlanzeige. Einige von ihnen sind am Anfang ziemlich hässlich. Und nicht aus jedem hässlichen Entlein wird am Ende ein schöner Schwan. Ja, Märchen können manchmal ziemlich grausam sein.

Das Märchen vom hässlichen Entlein, das eine noch viel hässlichere Ente wurde

Bevor mein Referat fertig war, hab ich – mit Blick auf Isabella – der Klasse erzählt, dass Hänsel und Gretel nur deshalb unversehrt aus dem Wald nach Hause gelangt sind, weil sie zusammengehalten haben. Isabella hat natürlich genau verstanden, worauf ich anspielte.

Dagegen hab ICH immer noch nicht so richtig verstanden, was uns das Märchen vom Froschkönig mit der Frosch-Prinzessin-Geschichte sagen will … Wie auch immer – am Ende hat Mister Evans' Kopf-

oder nur ein bisschen gepocht, ich denke, er hat mir eine Zwei gegeben. Danach bin ich mit Isabella zum Mittagessen, was mir ganz guttat, weil Mister Prince uns für immer verlassen hat, nachdem Miss Bruntford zurückgekehrt ist.

Wie soll ich das aushalten? Aber ich bin sicher, dass er mir schreiben wird, sobald er sich an seinen neuen Job gewöhnt hat.

Ich hab zu Isabella gesagt, dass ihr Kätzchen das hübscheste Tier auf allen Fotos ist, und sie meinte, dass Stinker noch nie so gut ausgesehen hätte wie jetzt.

Zugegeben: Isabella ist verdammt clever.

Ich hab ihr auch von Angeline erzählt. Isabella glaubt nicht wirklich daran, dass Angeline und ich uns aus dem Kindergarten kennen. Ich hab allerdings später am Abend in meinen alten Schulsachen rumgestöbert und dabei ein Foto gefunden mit einer total unleserlichen Schrift hintendrauf. Ich bin mir ganz sicher, dass das Angeline ist.

Morgen werd ich jedenfalls bei Angeline vorbeischauen. Sie meinte, ich könne Stinker abholen und sie würde mir die Haare machen, wenn ich Lust dazu hätte.

Hast du das gehört? Das ist, als würde Einstein vorschlagen, dir bei den Mathehausaufgaben zu helfen.

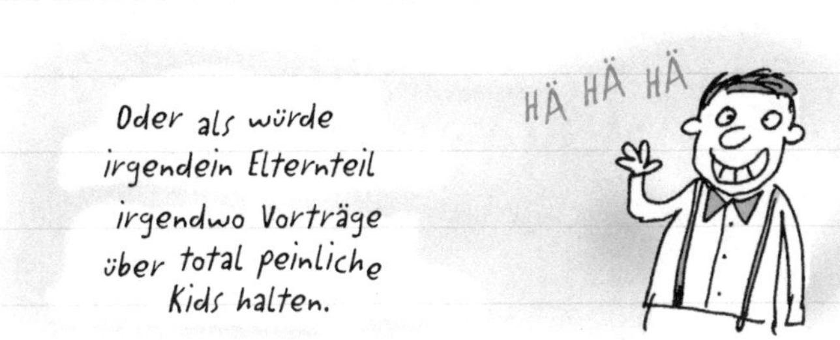

Samstag, der 28.

Schon gemerkt, Tagebuch? Ich hab das Kindergartenfoto von Angeline in dich reingeklebt, dich dann zu ihr nach Hause mitgenommen und sie gefragt, ob sie das wirklich ist. Sie meinte „Ja" und war total begeistert, dass ich Tagebuch führe, weil sie nämlich auch eines hat.

Dann, Tagebuch, hat sie mich plötzlich gefragt, ob sie mal in dich reinschauen dürfte.

Heikle Sache, hab ich mir gedacht, weil ich ja an der einen oder anderen Stelle nicht gerade zimperlich mit ihr umgegangen war und ich es im Moment VIEL LIEBER gehabt hätte, dass sie mir endlich die Haare macht. Also hab ich ihr vorgeschlagen, dass sie die Liebesgedichte von Mister Prince lesen könnte. Das sollte doch reichen, oder?

Angeline war natürlich zuerst verdutzt, hat aber dann die beiden Gedichte gelesen und musste plötzlich grinsen.

„Die sind gar nicht von Mister Prince", meinte sie.

„Wie kommst du denn darauf?" Ich war ein bisschen verärgert, aber nicht verärgert genug, um auf mein Haar-Makeover zu verzichten.

„Ich kriege eine Menge Briefchen, Jamie", meinte sie. „Ich kenne die Handschrift jedes Jungen an der Schule …

… und diese Gedichte hat eindeutig Mike Pinsetti geschrieben. M. P. steht nicht für Mister Prince. Es steht für MIKE PINSETTI."

Für einen kurzen Moment hatte ich das Gefühl, Moms Hackbraten würde mir hochkommen.

„Siehst du? Pinsettis Talent für Spitznamen hat auch eine gute Seite. Er schreibt super Gedichte und geht unglaublich gut mit Worten um."

Schon wieder machte sich Moms Hackbraten bemerkbar.

„Außerdem ist Mister Prince mit Miss Anderson zusammen. Am Anfang hat er, glaube ich, gedacht, sie sei ein bisschen zu alt für ihn, aber das Foto in unserem Kunstprojekt hat ihn umgestimmt."

Zum Teufel mit den verdammten Poserinnen!

„Und jetzt mal im Ernst", fuhr Angeline fort. „Wenn du wirklich denkst, dass ein Lehrer oder irgendein anderer alter Typ dir ein solches Gedicht geschickt hat, gehört er sofort ins Schmierige-Typen-Gefängnis.

Du bist Schülerin einer Middle School und solltest es eigentlich besser wissen. Im Ernst."

Ich war mucksmäuschenstill. Angeline hatte recht. Ich hab mit zittrigen Händen das dritte Gedicht aufgeschlagen, als Angeline plötzlich Stück für Stück ihr Gesicht verzog.

„Nimm deinen Hund und verschwinde", sagte sie. Einfach so.

„Wie meinst du das?", hab ich gefragt.

„Wie ich's gesagt hab: Verschwinde. Kein Schneiden. Kein Styling. Kein Aufhellen. Kein Anfeuchten. Kein Seidenglanz. Kein Conditioner. Und definitiv auch KEIN ZONENSCHAMPONIEREN!" Sie drückte mir Stinker in die Hand und schob uns mit aller Gewalt aus der Tür. Keine Ahnung, wer von uns beiden in diesem Moment mehr enttäuscht war, dass wir gehen mussten, Stinker oder ich?

„Aber, Angeline", rief ich. „Was hab ich denn getan?"

„Das Gedicht", sagte sie. „Das beschissene. Das ist HUDSONS Klaue. Glaubst du wirklich, dass ich dir die Haare mache, damit du dir Hudson zurückholen kannst?"

Dann schlug sie die Tür hinter mir zu.

Das Zonenschamponieren gibt es also DOCH. Kannst du dir vorstellen, was aus mir hätte werden können?

Sonntag, der 29.

Ich hab heute Morgen natürlich gleich mit Isabella telefoniert. Sie meinte, dass Angeline ihr Zonen-schamponiergeheimnis nicht preisgegeben hat, sei der Beweis dafür, dass ich mit meiner Theorie recht habe: Im Märchen sind junge hübsche Mädchen GANZ KLAR die Ursache allen Übels. Und die Eifersucht.

Und das Fotoprojekt, meinte Isabella, hätte sie nur deshalb so rücksichtslos durchgezogen, weil sie eifersüchtig auf mich war.

Vor ein paar Wochen, als ich meine eigene Zonenschamponiermethode an Hudson ausprobierte und von Mister Evans abgeführt wurde (du erinnerst dich, oder?), hatte ich nämlich nicht mehr mitgekriegt, was Isabella gesehen hatte. Nämlich, dass aus Hudsons Ohren WAHRE LIEBE spritzte. Meine Zonenschamponiermethode hatte tatsächlich funktioniert.

Aber nicht, weil ich ihn mit irgendwelchen Düften betört hatte (wie man das richtig macht, hätte ich nämlich erst von Angeline lernen müssen), sondern weil Hudson mich lustig fand.

Als Isabella dann sah, dass auch aus Pinsettis Ohren wahre Liebe spritzte, und sie zudem dachte, Mister Prince würde mir Gedichte schreiben, war sie nicht mehr zu bremsen und hat sich in DIE BÖSE KÖNIGIN DER EIFER- UND RACHSÜCHTIGEN verwandelt.

Nachdem Isabella und ich aufgelegt hatten, hab ich noch mal über die ganze Frosch-Prinzessin-Sache nachgedacht.

Für Mister Prince war ich der Frosch, und er wiederum war der Prinz für Miss Anderson. Für Hudson war ich zuerst der Frosch, dann die Prinzessin, dann wieder der Frosch. Also bin ich anscheinend beides: der Frosch UND die Prinzessin.

Kurz darauf hat es an der Tür geklingelt, und als ich rausging, lag ein Brief auf der Veranda. Ich hab ihn geöffnet und ein Gedicht darin gefunden:

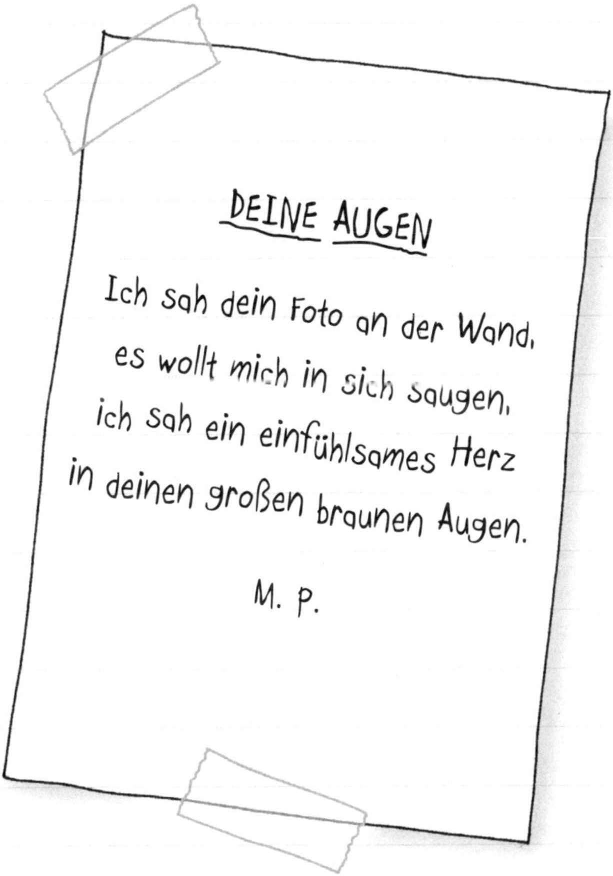

In diesem Moment wusste ich, dass ich die Prinzessin war, die Prinzessin für Mike Pinsetti. Okay, es war nur Pinsetti, aber ich war TOTAL DIE PRINZESSIN.

Ich las das Gedicht ein zweites Mal und stutzte. Ich hab doch gar keine braunen Augen. Keiner in meiner Familie hat braune Augen.

Ich hab mir den Umschlag angeschaut und entdeckt, dass er an Stinker adressiert war. Ich schätze, was Angeline aus Stinker gemacht hat, hat Pinsetti dazu animiert, ein Gedicht zu schreiben.

Wenn ich bedenke, wie hässlich dieser kleine Beagle war und wie schön er jetzt aussieht, dann muss ich sagen, dass er sich tatsächlich von einem Frosch in einen Prinzen verwandelt hat. Genau wie in diesem bescheuerten Märchen. Und dafür verzichte ich auch gerne auf meinen Thron.

Im Übrigen, liebes Tagebuch, danke ich dir – wie immer – für deine Geduld

Jamie Kelly